———————— 阅读之前 没有真相

午夜文库

阿加莎·克里斯蒂
赫尔克里·波洛系列

阿加莎·克里斯蒂
Agatha Christie (1890—1976)

  无可争议的侦探小说女王,侦探文学史上最伟大的作家之一。

  阿加莎·克里斯蒂原名为阿加莎·玛丽·克拉丽莎·米勒,一八九〇年九月十五日生于英国德文郡托基的阿什菲尔德宅邸。她几乎没有接受过正规的教育,但酷爱阅读,尤其痴迷于歇洛克·福尔摩斯的故事。

  第一次世界大战期间,阿加莎·克里斯蒂成了一名志愿者。战争结束后,她创作了自己的第一部侦探小说《斯泰尔斯庄园奇案》。几经周折,作品于一九二〇年正式出版,由此开启了克里斯蒂辉煌的创作生涯。一九二六年,《罗杰疑案》由哈珀柯林斯出版公司出版。这部作品一举奠定了阿加莎·克里斯蒂在侦探文学领域不可撼动的地位。之后,她又陆续出版了《东方快车谋杀案》《ABC 谋杀案》《尼罗河上的惨案》《无人生还》《阳光下的罪恶》等脍炙人口的作品。时至今日,这些作品依然是世界侦探文学宝库里最宝贵的财富。根据她的小说改编而成的舞台剧《捕鼠器》,已经成为世界上公演场次最多的剧目;而在影视改编方面,《东方快车谋杀案》为英格丽·褒曼斩获奥斯卡大奖,《尼罗河上的惨案》更是成为几代人心目中的经典。

阿加莎·克里斯蒂的创作生涯持续了五十余年,总共创作了八十余部侦探小说。她的作品畅销全世界一百多个国家和地区,累计销量已经突破二十亿册。她创造的小胡子侦探波洛和老处女侦探马普尔小姐为读者津津乐道。阿加莎·克里斯蒂是柯南·道尔之后最伟大的侦探小说作家,是侦探文学黄金时代的开创者和集大成者。一九七一年,英国女王授予克里斯蒂爵士称号,以表彰其不朽的贡献。

一九七六年一月十二日,阿加莎·克里斯蒂逝世于英国牛津郡沃灵福德家中,被安葬于牛津郡的圣玛丽教堂墓园,享年八十五岁。

阿加莎·克里斯蒂 侦探作品年表

波洛系列

1920　The Mysterious Affair at Styles《斯泰尔斯庄园奇案》
1923　Murder on the Links《高尔夫球场命案》
1924　Poirot Investigates《首相绑架案》
1926　The Murder of Roger Ackroyd《罗杰疑案》
1927　The Big Four《四魔头》
1928　The Mystery of the Blue Train《蓝色列车之谜》
1932　Peril at End House《悬崖山庄奇案》
1933　Lord Edgware Dies《人性记录》
1934　Murder on the Orient Express《东方快车谋杀案》
1935　Three-Act Tragedy《三幕悲剧》
1935　Death in the Clouds《云中命案》
1936　The ABC Murders《ABC谋杀案》
1936　Murder in Mesopotamia《古墓之谜》
1936　Cards on the Table《底牌》
1937　Dumb Witness《沉默的证人》
1937　Death on the Nile《尼罗河上的惨案》
1937　Murder in the Mews《幽巷谋杀案》
1938　Appointment with Death《死亡约会》
1938　Hercule Poirot's Christmas《波洛圣诞探案记》
1940　Sad Cypress《H庄园的午餐》
1940　One, Two, Buckle My Shoe《牙医谋杀案》
1941　Evil Under the Sun《阳光下的罪恶》
1943　Five Little Pigs《五只小猪》
1946　The Hollow《空幻之屋》
1947　The Labours of Hercules《赫尔克里·波洛的丰功伟绩》
1948　Taken at the Flood《顺水推舟》
1952　Mrs. McGinty's Dead《清洁女工之死》
1953　After the Funeral《葬礼之后》
1955　Hickory Dickory Dock《山核桃大街谋杀案》
1956　Dead Man's Folly《弄假成真》
1959　Cat Among the Pigeons《鸽群中的猫》
1960　The Adventure of the Christmas Pudding《雪地上的女尸》

阿加莎·克里斯蒂 侦探作品年表

1963　The Clocks《怪钟疑案》
1966　Third Girl《第三个女郎》
1969　Hallowe'en Party《万圣节前夜的谋杀》
1972　Elephants Can Remember《大象的证词》
1974　Poirot's Early Stories《蒙面女人》
1975　Curtain-Poirot's Last Case《帷幕》

马普尔小姐系列

1930　The Murder at the Vicarage《寓所谜案》
1932　The Thirteen Problems《死亡草》
1942　The Body in the Library《藏书室女尸之谜》
1943　The Moving Finger《魔手》
1950　A Murder Is Announced《谋杀启事》
1952　They Do It with Mirrors《借镜杀人》
1953　A Pocket Full of Rye《黑麦奇案》
1957　4.50 from Paddington《命案目睹记》
1962　The Mirror Crack'd from Side to side《破镜谋杀案》
1964　A Caribbean Mystery《加勒比海之谜》
1965　At Bertram's Hotel《伯特伦旅馆》
1971　Nemesis《复仇女神》
1976　Sleeping Murder《沉睡谋杀案》
1979　Miss Marple's Final Cases《马普尔小姐最后的案件》

其他系列及非系列

1922　The Secret Adversary《暗藏杀机》
1924　The Man in the Brown Suit《褐衣男子》
1925　The Secret of Chimneys《烟囱别墅之谜》
1929　Partners in Crime《犯罪团伙》
1929　The Seven Dials Mystery《七面钟之谜》
1930　The Mysterious Mr. Quin《神秘的奎因先生》
1931　The Sittaford Mystery《斯塔福特疑案》
1933　The Witness for the Prosecution and Other Stories《控方证人》
1934　Why Didn't They Ask Evans?《悬崖上的谋杀》

阿加莎·克里斯蒂 侦探作品年表

1934	The Listerdale Mystery 《金色的机遇》
1934	Parker Pyne Investigates 《惊险的浪漫》
1939	Murder Is Easy 《逆我者亡》
1939	And Then There Were None 《无人生还》
1941	N or M? 《桑苏西来客》
1944	Towards Zero 《零点》
1945	Sparkling Cyanide 《闪光的氰化物》
1945	Death Comes as the End 《死亡终局》
1949	Crooked House 《怪屋》
1950	Three Blind Mice and Other Stories 《三只瞎老鼠》
1951	They Came to Baghdad 《他们来到巴格达》
1954	Destination Unknown 《地狱之旅》
1958	Ordeal by Innocence 《奉命谋杀》
1961	The Pale Horse 《灰马酒店》
1967	Endless Night 《长夜》
1968	By the Pricking of My Thumbs 《煦阳岭的疑云》
1970	Passenger to Frankfurt 《天涯过客》
1973	Postern of Fate 《命运之门》
1991	Problem at Pollensa Bay 《神秘的第三者》
1997	While the Light Lasts 《灯火阑珊》

出版前言

  纵观世界侦探文学一百七十余年的历史，如果说有谁已经超脱了这一类型文学的类型化束缚，恐怕我们只能想起两个名字——一个是虚构的人物歇洛克·福尔摩斯，而另一个便是真实的作家阿加莎·克里斯蒂。

  阿加莎·克里斯蒂以她个人独特的魅力创造着侦探文学史上无数的传奇：她的创作生涯长达五十余年，一生撰写了八十余部侦探小说；她开创了侦探小说史上最著名的"黄金时代"；她让阅读从贵族走入家庭，渗透到每个人的生活中；她的作品被翻译成一百多种文字，畅销全球一百五十余个国家，作品销量与《圣经》《莎士比亚戏剧集》同列世界畅销书前三名；她的《罗杰疑案》《无人生还》《东方快车谋杀案》《尼罗河上的惨案》都是侦探小说史上的经典；她是侦探小说女王，因在侦探小说领域的独特贡献而被册封为爵士；她是侦探小说的符号和象征。她本身就是传奇。沏一杯红茶，配一张躺椅，在暖暖的阳光下读阿加莎的小说是一种生活方式，是惬意的享受，也是一种态度。

  午夜文库成立之初就试图引进阿加莎的作品，但几次都与版权擦肩而过。随着午夜文库的专业化和影响力日益增强，阿加莎·克里斯蒂的版权继承人和哈珀柯林斯出版公司主动要求将版权独家授予新星出版社,并将阿加莎系列侦探小说并入午夜文库。这是对我们长期以来执着于侦探小说出版的褒奖,是对我们的信任与鼓励,更是一种压力和责任。

新版阿加莎·克里斯蒂作品由专业的侦探小说翻译家以最权威的英文版本为底本,全新翻译,并加入双语作品年表和阿加莎·克里斯蒂家族独家授权的照片、手稿等资料,力求全景展现"侦探女王"的风采与魅力。使读者不仅欣赏到作家的巧妙构思、离奇桥段和睿智语言,而且能体味到浓郁的英伦风情。

阿加莎作品的出版是一项系统工程,规模庞大,我们将努力使之臻于完美。或存在疏漏之处,欢迎方家指正。

新星出版社
午夜文库编辑部

Agatha Christie

Over the next few years, we plan to celebrate two very important Agatha Christie anniversaries. In 2015, it is the 125th anniversary of her birth in Torquay, South Devon, England, and in 2020 it will be 100 years after her first book, THE MYSTERIOUS AFFAIR AT STYLES, featuring her famous detective, Hercule Poirot, was published. This is therefore a very appropriate moment to publish a new edition of her works, and I am delighted that HarperCollins has chosen to work with New Star on these new editions. New Star is China's top crime publisher, and has a strong and dedicated editorial staff and a continued passion for Agatha Christie, making them the ideal partner. It is the right time to make these classic books available in modern translations and so to bring Agatha Christie's books anew to her many fans in China, giving them a new reason to re-read these much-loved stories, as well as introducing them to a whole new audience. How delighted Agatha Christie would have been that her stories (as she called them) are still giving so much pleasure to so many people all over the world!

I think there are two very remarkable things about Agatha Christie's stories. The first is that they are so adaptable. It doesn't really matter which language they appear in, the stories and the plots still give the same thrill, still provide the same puzzles, and the characters still have the same attraction. Readers in China will I am sure enjoy Hercule Poirot and Miss Marple just as much as we do in England, and readers in China will still be transfixed by the surprises and horrors of AND THEN THERE WERE NONE, one of the great classics of 20th century detective fiction, as we are here.

Agatha Christie

The second is that the stories give a wonderful picture of England, particularly rural England, at the time Agatha Christie lived. She wrote books from 1920 until 1970 but it is sometimes hard to tell which part of her life each book was written in. Her characters and the life they lived were very much the same. The life we all live is changing very quickly these days but the Agatha Christie world stays the same. Perhaps the Miss Marple stories provide the best example of this, and in some ways, THE BODY IN THE LIBRARY and NEMESIS are quite similar, despite the fact that nearly thirty years elapsed between the time they were written.

Perhaps I might end by mentioning three Agatha Christies (other than the ones mentioned above) which I think demonstrate why she is so popular, even in the twenty-first century. The first is MURDER ON THE ORIENT EXPRESS, one of the most famous with one of the most ingenious and human plots. Read this on one of your long train journeys in China! Next is A MURDER IS ANNOUNCED, a Miss Marple which was her 50th book. It has my favourite murderer in it! And last is ENDLESS NIGHT - a story about evil and how it affects three young people, written at the time when I knew her best, and understood how deeply she cared and sympathised with young people and the world they lived in.

Whichever are your favourites I hope you enjoy these stories that New Star are introducing to you again. I think it is a great publishing event.

Mathew Prichard
Grandson of Agatha Christie
Chairman of Agatha Christie Ltd

致中国读者
（午夜文库版阿加莎·克里斯蒂作品集序）

在未来的几年中，我们将要筹备两个非常重要的关于阿加莎·克里斯蒂的纪念日。二〇一五年是她的一百二十五岁生日——她于一八九〇年出生于英国的托基市；二〇二〇年则是她的处女作《斯泰尔斯庄园奇案》问世一百周年的日子，她笔下最著名的侦探赫尔克里·波洛就是在这本书中首次登场。因此，新星出版社为中国读者们推出全新版本的克里斯蒂作品正是恰逢其时，而且我很高兴哈珀柯林斯选择了新星来出版这一全新版本。新星出版社是中国最好的侦探小说出版机构，拥有强大而且专业的编辑团队，并且对阿加莎·克里斯蒂的作品极有热情，这使得他们成为我们最理想的合作伙伴。如今正是一个良机，可以将这些经典作品重新翻译为更现代、更权威的版本，带给她的中国书迷，让大家有理由重温这些备受喜爱的故事，同时也可以将它们介绍给新的读者。如果阿加莎·克里斯蒂知道她的小故事们（她这样称呼自己的这些作品）仍然能给世界上这么多人带来如此巨大的阅读享受，该有多么高兴啊！

我认为阿加莎·克里斯蒂的作品有两个非常重要的特征。首先它们是非常易于理解的。无论以哪种语言呈现，故事和情节都同样惊险刺激，呈现给读者的谜团都同样精彩，而书中人物的魅力也丝毫不受影响。我完全可以肯定，中国的读者能够像我们英国人一样充分享受赫尔克里·波洛和马普尔小姐带来的乐趣；中国读者也会和我们一样，读到二十世纪最伟大的侦探经典作品——比如《无人生还》——的时候，被震惊和恐惧牢牢钉在原地。

第二个特征是这些故事给我们展开了一幅英格兰的精彩画卷，特别是阿加莎·克里斯蒂那个年代的英国乡村。她的作品写于二十世纪二十年代至七十年代间，不过有时候很难说清楚每一本书是在她人生中的哪一段日子里写下的。她笔下的人物，以及他们的生活，多多少少都有些相似。如今，我们的生活瞬息万变，但"阿加莎·克里斯蒂的世界"依旧永恒。也许马普尔小姐的故事提供了最好的范例：《藏书室女尸之谜》与《复仇女神》看起来颇为相似，但实际上它们的创作年代竟然相差了三十年。

最后，我想提三本书，在我心目中（除了上面提过的几本之外）这几本最能说明克里斯蒂为什么能够一直受到大家的喜爱。首先是《东方快车谋杀案》，最著名，也是最机智巧妙、最有人性的一本。当你在中国乘火车长途旅行时，不妨拿出来读读吧！第二本是《谋杀启事》，一个马普尔小姐系列的故事，也是克里斯蒂的第五十本著作。这本书里的诡计是我个人最喜欢的。最后是《长夜》，一个关于邪恶如何影响三个年轻人生活的故事。这本书的写作时间正是我最了解她的时候。我能体会到她对年轻人以及他们生活的世界关心至深。

现在新星出版社重新将这些故事奉献给了读者。无论你最爱的是哪一本，我都希望你能感受到这份快乐。我相信这是出版界的一件盛事。

阿加莎·克里斯蒂外孙

阿加莎·克里斯蒂有限责任公司董事长

马修·普理查德

二〇一三年二月二十日

阿加莎·克里斯蒂侦探作品集 ⑧

幽巷谋杀案
Murder in the Mews

[英]阿加莎·克里斯蒂 著
林媛 译

新 星 出 版 社　NEW STAR PRESS

诚挚地献给我的老朋友西贝尔·黑利。①

---
①西贝尔·黑利,诗人吉卜林姐姐的好友。

目录

1	幽巷谋杀案
75	不可思议的窃贼
139	死者的镜子
237	罗兹岛三角

幽巷谋杀案

第一章

1

"先生,给几个钱吧。"

一个灰头土脸的小男孩诏媚地笑着,露出一排白牙。

"一分没有!"贾普警督斩钉截铁地说,"而且,我跟你说,小伙子——"

在被迫听了一番令他头昏脑涨的说教后,脏兮兮的小男孩彻底败下阵来,并告诫他的几个小伙伴:"天哪!简直就是个道貌岸然的警察!"

说罢,一伙人作鸟兽散,嘴里还不住地念念叨叨:

不能忘,不能忘
十一月五日
叛国的火药阴谋
可谁又知道
为什么
千万不能忘

此时,贾普警督身边一个脑袋圆圆、蓄着一小撮八字胡的小老头兀自笑了起来。

"贾普,好样的①。"八字胡小老头不住地说,"你刚才那一番说教真是精彩!干得好!"

"讨个钱居然还有理了,都是盖伊·福克斯日②给闹的!"

"真是个有趣的庆祝日。"赫尔克里·波洛若有所思地说,"噼啪、噼啪……一朵朵烟花消失在天际。这多么像被纪念的那个人和他那些被忘却的事迹。"

"那些小孩子可未必知道谁是盖伊·福克斯。"就职于苏格兰场③的贾普警督附和道。

"而且,我敢肯定,在不久的将来,人们就会开始搞不清楚每年十一月五日的烟花到底是一种纪念还是一个诅咒了。企图炸掉英国国会到底是一项罪孽还是一桩善举?"

"有些人一定会毫不犹豫地认为是一桩善举。"贾普警督边笑边说。

说笑中,刚刚一起用过晚餐的两个人走下主路,拐进了一条相对幽静的小巷,准备抄近路一同前往赫尔克里·波洛的住处。

一路上,烟花爆竹声不绝于耳,金灿灿的烟花不时将漆黑的夜空照得亮光闪闪。

"真是行凶的好时机。"贾普警督用一种专业人士的口吻说,"因为在这样的夜里,没人会听到枪响。"

"让我觉得奇怪的是,好多罪犯不知道要好好利用这一点。"

---

① 原文为法语。本书中多处是法语,均以仿宋字体表示。
② 盖伊·福克斯日(Guy Fawkes Day),每年的十一月五日,英国的一个节日,用来纪念一六〇五年盖伊·福克斯及其天主教阴谋组织试图用二十桶火药炸掉国会大厦却最终失败这一事件。这一天大家会生篝火、燃放爆竹,并给孩子们硬币。
③ 苏格兰场(The Scotland Yard),英国首都伦敦警察厅的代称,负责整个大伦敦地区的治安及维持交通。苏格兰场本身既不位于苏格兰,更不负责苏格兰的警务,这个名字源自一八二九年,当时首都警务处位于旧苏格兰王室宫殿遗迹,因而得名。

赫尔克里·波洛接应道。

"其实，波洛，我倒真的很想见识一下你会怎样策划一起谋杀。"

"我的老兄！"

"真的，我就想知道你会怎么动手。"

"贾普，我的朋友，如果我真要策划一起谋杀，估计你根本无法知道我是怎么动手的！很有可能是在你毫无察觉的情况下，一起谋杀案就已经发生了。"

波洛的回答惹得贾普警督心悦诚服地笑了起来。

"你这个自大的魔鬼，我没说错吧？"后者的语气中充满了亲切的味道。

2

次日上午十一点半，赫尔克里·波洛的电话响了。

"喂？喂？"

"喂，波洛，是你吗？"

"是的，是我。"

"我是贾普。还记得我们昨晚回家时路过的布拉德利花园巷吗？"

"怎么了？"

"我们还聊起在昨天那样一个爆竹声声的夜里，开枪杀个人该是一件多么容易的事情，你记得吗？"

"当然了。"

"我跟你说，那条巷子里昨夜真的发生了一起自杀事件。死者住在十四号，一个年轻的寡妇，艾伦夫人。我现在正往那里赶，你要不要也来看看？"

"等等，老兄。你亲自去调查一桩自杀事件，这不是大材小用吗？"

"还真让你说中了。一般情况下是不需要我出马的，但这次我们的法医觉得有些地方看起来颇为蹊跷。你来吗？我觉得你会有兴趣的。"

"我这就过去。十四号，对吧？"

"没错。"

3

当波洛出现在布拉德利花园巷十四号门前的时候，贾普一行四人也刚刚赶到。

此时，十四号这幢房子已经作为案发现场被圈了起来，门前渐渐聚集起一群目瞪口呆看热闹的人，当中不乏司机和他们的妻子、外出跑腿办杂事的小伙子、流浪汉、衣冠楚楚的过路人，以及不计其数的孩子。

屋前的台阶上，一名身着制服的警官正在竭尽全力地对付一颗颗浮动在他眼前的好奇心。突然，一群眼尖的年轻人发现了正从车里走出来的贾普警督，于是，手里早就备好相机的一伙人便都一股脑涌了过去。

"没你们的事！"贾普警督一边走一边驱散涌过来的人群，并将目光投向已经等在门口的波洛，"你来啦。咱们进去吧。"

两人迅速闪进大门，肩并肩地走到了一段扶梯下面。

"在这儿呢，警督先生。"楼上的人已经认出了贾普警督。

贾普和波洛拾级而上，在楼上那个人的指引下走进了二层楼梯口左边的一间小小的卧室。

"警督先生,我想应该先由我来阐述一下大致情况吧。"

"是的,詹姆森警督,"贾普回应道,"这里什么情况?"

"死者是艾伦夫人,"负责事发地区的詹姆森警督开始了他的陈述,"她和她的一个朋友,普伦德莱斯小姐,合住在这幢房子里。普伦德莱斯小姐今天早上刚从乡下回来,据她所说,她回来的时候家里一个人都没有,就连通常九点钟应该到家里帮她们打扫房间的小时工都不在。所以她就自己开了门,直接上楼回到自己的房间,也就是我们所在的这间,然后又打算去对面她朋友的房间看看。她一边扭门把手一边敲门,嘴里还叫着艾伦夫人的名字,但始终没人应门。她越想越觉得不对劲,于是就打电话报警了。报案时间是十点四十五分,接到报案后我们立刻赶来,破门而入后发现艾伦夫人头部中弹,倒在地上,手里有一把自动手枪。韦伯利二五式。显而易见的自杀现场。"

"普伦德莱斯小姐现在在哪儿?"

"在楼下的客厅,警督先生。她可是个精干又不露声色的女人,我已经领教过了。"

"我这就去找她聊聊。不过我最好先见见布雷特。"

波洛和贾普警督一起走进了对面的房间。房间里,一个上了年纪的高个子男人抬起头,冲他们点头示意了一下。

"贾普,你好,很高兴你能来,这案子有点儿意思。"

贾普迎着对方走了过去,赫尔克里·波洛则站在原地迅速扫视了一下整个房间。

这个房间比他们刚刚出来的那间大了不少,还有一扇向外凸出的飘窗。如果说刚才那间朴素到极致的房间是一间不折不扣的卧室的话,那么现在这间算得上是一间客厅级别的卧室了。

银色的墙纸烘托着翠绿色的天花板，现代感十足的窗帘也是由银色和绿色组成的。一条翠绿色的丝光毯子以及几个金色和银色的小靠垫把屋内的一张长沙发椅点缀得华丽无比。房间中立着一个高高的胡桃木古董衣柜和一个胡桃木高脚柜，周围还摆着几把闪耀着金属光泽的现代风格的椅子。玻璃小茶几上的烟灰缸里盛满了烟蒂。

赫尔克里·波洛仔细地嗅了嗅身边的空气，走到正低头观察尸体的贾普旁边。

地上是一具约莫二十七岁的女人的尸体，从她倒地的位置和姿势来看，她死前应该就坐在那把金属椅子上。这个身着一袭深绿色简约高领连衣裙的金发年轻女人五官精致，那几乎不施粉黛的面容看起来楚楚动人，但同时也透出一丝痴痴的渴求。她躺在那里一动不动，右手依旧握着那把小型手枪，头部左边那一摊血液已经凝固。

"布雷特，有什么蹊跷的吗？"正低头审视地上那具尸体的贾普警督开始发问。

"从相对位置来看没有什么不对。"法医回答道，"如果她给了自己一枪，那她的确应该以这样的姿势从椅子上滑下来、停在这个位置。门和窗户都是从里面锁上的。"

"既然都没错，那不对劲的地方在哪儿？"

"仔细看这把手枪，我还没动过，录指纹的人还没到。不过这并不妨碍你们观察。"

话音落下，波洛和贾普两人便蹲下身子对着枪仔细研究起来。

"我明白你说的了，"贾普慢慢站起身来，"问题出在她的手形。看起来她像是正握着这把枪——但实际上并不是。还有别的吗？"

"还有很多。枪在她的右手上,那我们再来看伤口。手枪当时应该被举到她左耳的上方——注意,是左耳。"

"嗯,"贾普应道,"这看起来没什么问题。难道她不能右手举起枪来给自己一颗子弹吗?"

"绝对不可能。就算你可以用右手拿着枪、押着胳膊、枪口对准左耳上方,但恐怕你无法以那样一种姿势扣动扳机。"

"这样看就相当明显了。有人先给了她一枪,然后再把案发现场伪装成自杀。可是,上了锁的门和窗又是怎么一回事?"

这次,詹姆森警督接过话头。

"警督先生,窗户是被闩住的没错,但是我们到现在都没有找到锁门的钥匙。"

贾普点了点头。

"嗯,这是个破绽。当时锁门的那个人一定不希望有人注意到这把消失的钥匙。"

"真愚蠢!"波洛嘟囔着。

"好啦,我的波洛老兄,你总不能指望每一个人都像你这般机智!更何况这确实是一个容易被忽视的细节。门锁着,外面的人破门而入,发现一具女尸,她手里还有一把手枪——显而易见的自杀案现场,一定是她自己把自己反锁在房间里的,没人会去在意钥匙的去向。不过,普伦德莱斯小姐这一报警反而引起了我们的注意。她当时完全可以去外面找一两个司机上来,帮她把门撞开。那样的话就不会有人注意到失踪的钥匙了。"

"没错,我也是这么想的,"赫尔克里·波洛盯着地上的尸体,说,"通常来说,人们只有无计可施才会选择报警,对吗?"

"你是想到什么了吗?"贾普敏锐地追问,眼神里满是渴望。

"我在看她的手表。"赫尔克里·波洛摇了摇头。

说着，波洛就弯下身去，用指尖轻轻地碰了碰死者右腕上的那块有黑色丝质表带、表盘上镶嵌着珠宝的腕表。

"是个高级货，一定不便宜！"贾普说完便仰起头，用一种征询的目光看着波洛，"这里面会不会有什么问题？"

"有可能……是的。"

波洛一边说一边把目光移向房间里的写字台。看得出，这个正面带有可活动台面板的传统型写字台和房间的整体色调相当协调。

桌面正中放着一个挺大的银质墨水台，墨水台前是一块精致的绿色漆器装的吸墨纸。吸墨纸左边是个祖母绿玻璃的笔盘，里面有一个银色的笔杆、一根绿色的封蜡、一支铅笔和两枚邮票。吸墨纸右边是一个手动的活动台历。此外，写字台上还有一个小小的玻璃樽，里面放着一支相当惹眼的羽毛笔。羽毛笔吸引了波洛的目光，他拿起笔仔细看了看，不过这支毫无墨迹的羽毛笔显然就是一个摆设而已。笔架上那支顶端有墨迹的银色笔杆才是用来写字的。波洛接着又把目光转向了台历。

"十一月五日，星期二。"同样在观察的贾普顺势读了出来，"就是昨天。都对上了。"

"她是什么时候死的？"贾普转向布雷特。

"昨天晚上十一点三十三分。"布雷特脱口而出。

看到贾普吃惊的神情，他马上露出了不好意思的笑容。

"老兄，真是对不住，我刚才充当了一把小说家笔下的神医！不过我可以确定的是，她的死亡时间大概在十一点——前后不超过一个小时。"

"哦，我猜她的手表停在了那时候——是吧？"

"对，停了，不过是停在四点十五分。"

"那我推测她那时候应该还活着。"

"我希望你不要考虑这一点了。"

此时,波洛又转回吸墨纸,翻过来看。

"好主意,"贾普说,"不过没什么好运气。"

吸墨纸的第一张雪白如新,没有任何痕迹。波洛又往后翻了几张,看到的依旧是空空如也的白纸。

接着,他把目光投向了废纸篓。

废纸篓里有两三封揉作一团的信件和一些传单。因为只是随便揉了一下,波洛很容易就看出了上面的内容。一封某个退役军人社团寄来的筹款函、一张十一月三日的鸡尾酒会邀请卡,还有一封裁缝的预约确认。至于传单,是皮草店的打折信息和百货商店的商品目录。

"没什么重要的东西。"贾普有点失落。

"不,这很奇怪……"波洛说。

"你是想说如果是自杀,那么通常会在现场找到遗书之类的东西?"

"没错。"

"又一项表明此案并非自杀的证据。"贾普边说边往外走,"现在我的人要过来处理现场了。我们最好下楼去找这个普伦德莱斯小姐好好聊一聊。走吧,波洛?"

波洛似乎仍被写字台和上面的东西所吸引。

他跟着贾普往外走,但就在将要离开房间的刹那,他再一次把目光投向了那支惹眼的翠绿色羽毛笔。

第二章

两人走下一段逼仄的楼梯,楼梯旁边就是由马厩改造成的大客厅。房间的墙壁故意做成粗糙的灰泥感,上面挂着很多蚀刻版画和木雕艺术品。屋里坐着两个人。

一位是二十七八岁的年轻女人,深色皮肤,模样精干,坐在壁炉边的椅子上,伸出手取暖。另一位看起来老一些,身材丰满,手里拿着个网兜,两个男人走进房间时,她正喘着粗气说话。

"……就像我说的那样,小姐,我一转身,差点儿摔倒。再想想今天早上——"

"可以了,皮尔斯太太。"年轻女人打断了她的话,"我想这两位应该是警官先生。"

"您是普伦德莱斯小姐?"贾普一边说一边继续往屋里走。

"是的。"年轻女人点了点头,"这位是皮尔斯太太,她每天来这里工作。"

无法压抑自己的皮尔斯太太继续说起刚才被打断的话。

"就像我刚才和普伦德莱斯小姐说的,今天早上我姐姐路易莎·莫德急病发作,身边只有我一个人能照顾她,我想着毕竟血浓于水嘛,而且我觉得艾伦夫人不会介意的,尽管我不想让她失望——"

贾普果断地打断了皮尔斯太太。

"确实如此,皮尔斯太太。接下来你可能需要和詹姆森警督一起到厨房去录一份简单的口供。"

打发走就连在去录口供的路上都缠着詹姆森警督喋喋不休说个没完的皮尔斯太太,贾普警督的注意力终于可以重新回到普伦德莱斯小姐身上。

"我是贾普警督。普伦德莱斯小姐,现在,我需要你把一切你所知道的情况都告诉我。"

"没问题。我们从哪里说起?"

普伦德莱斯小姐的镇定自若着实让人佩服。除了举止稍显僵硬,贾普找不到任何悲痛或是受到惊吓的痕迹。

"你今天早上几点回来的?"

"我想是十点半之前。皮尔斯太太这个骗子,竟然还没来,正好让我逮到——"

"这样的事情经常发生吗?"

简·普伦德莱斯耸了耸肩。

"一周大概有两次吧,要么十二点才到要么根本就不来了。她应该九点钟就到的。但实际上,就像我说的,一周里她会有两次'头晕不舒服',或者家里什么人又生病了。小时工都是这样的,时不时就放你的鸽子。不过她比其他人要好一些。"

"她在这里工作很久了吗?"

"刚过一个月。前一个因为手脚不干净被赶走了。"

"请继续,普伦德莱斯小姐。"

"我付好出租车的钱就提着箱子进屋了,找了半天皮尔斯太太都没见到她,于是就上楼回自己的房间了。我稍微收拾了一下,就去对面找芭芭拉——艾伦夫人——发现她锁着门。我轻轻拉了拉门把手，又敲了几下门，但是都没听到什么动静。于是我就下楼打电话报警了。"

"等等！"波洛突然发问，"你当时为什么不试着把门撞开呢？你可以到外面巷子里找几个司机来帮忙的，不是吗？"

普伦德莱斯小姐将那双冷酷的灰绿色眼睛瞥向波洛，迅速地打量了对方一遍，像是在做评判。

"不，我没想过那样做。我认为碰到麻烦应该报警才对。"

"也就是说，你当时就认为——恕我直言，小姐——房间里出了什么事？"

"当然。"

"就因为你敲了几下门却没得到任何回应吗？也有可能是您的朋友吃了安眠药睡得太沉了——"

"她从不吃安眠药。"普伦德莱斯小姐立刻说。

"有没有可能是她出去了，锁了门？"

"她干吗要锁门呢？再说了，她出门的话一定会给我留话的。"

"也就是说……她没有留下任何消息？你确定什么都没有吗？"

"当然确定。要是有的话，我肯定马上就看到了。"

普伦德莱斯小姐的语气越发针锋相对。

"普伦德莱斯小姐，你有没有试过从钥匙孔往里面看一看？"贾普问道。

"没有。"简·普伦德莱斯若有所思地说，"我从没想过。不过就算我那么干了也看不到任何东西，不是吗？钥匙孔里应该插着钥匙呢。"

普伦德莱斯小姐目露探寻之色，张大了无辜的大眼睛，与贾普警督视线相接。波洛突然兀自笑了起来。

"当然,你做得没错,普伦德莱斯小姐。"贾普说,"不过我猜你一定想不通你的朋友竟然会自杀吧?"

"哦,是的。"

"她之前有没有看上去很焦虑,或者表现出压力很大的样子?"

一阵沉默。普伦德莱斯小姐沉默了好一阵子才给出回答。

"没有。"

"你知不知道她有一把手枪?"

简·普伦德莱斯点了点头。

"知道,在印度的时候她拿出来过。平时她就把枪放在她房间的一个抽屉里。"

"呃。她有执照吗?"

"我觉得有吧,不过不能确定。"

"接下来,普伦德莱斯小姐,请把你所知道的有关艾伦夫人的事情都告诉我,比如你们认识多久了,她的亲戚都在哪里——关于她的一切。"

简·普伦德莱斯点了点头。

"我认识芭芭拉五年了。初次见面是在一次海外旅行途中——确切地说是在埃及。我当时在雅典的一所英国学校待了一阵子,回家前有几周时间在埃及,而她是从印度回家的路上途经埃及。游览尼罗河的时候我们乘坐同一条船,因为志趣相投,很快就成了朋友。我当时正想找人和我合租一套公寓或者小一点的别墅,芭芭拉又正好是孤身一人。我们都认为我们在一起相处得挺好。"

"事实上是这样的吗?"波洛问道。

"相当好。我们有各自的朋友圈——芭芭拉交友更广泛——我的朋友则比较喜欢艺术。可能正好互补吧。"

波洛点了点头。贾普继续发问。

"关于艾伦夫人在遇到你之前的家庭情况及个人生活,你都知道些什么?"

简·普伦德莱斯耸了耸肩。

"说真的,我不是很了解。她结婚前姓阿米蒂奇,我只知道这个。"

"关于她的丈夫呢?"

"没什么好说的。我记得他酗酒。他们结婚后一年还是两年他就死了。他们有过一个孩子,女孩,不过三岁就死了。芭芭拉很少提起她的丈夫,她是在印度嫁给他的,那时她才十七岁。之后他们一起去了婆罗洲还是别的什么正经人肯定不会去的鬼地方——这显然不是一个愉快的话题,她很少提起。"

"那你知不知道,艾伦夫人是否有经济上的困难?"

"我确定她没有。"

"没有负债……之类的吗?"

"哦,没有!我确定她没有这方面的麻烦。"

"好,接下来我必须要问一件事情,希望不会引起你的不快,普伦德莱斯小姐。艾伦夫人生前是否有固定的一个或者多个男性朋友?"

"这个嘛,她订婚了,就要结婚了。你要问的就是这个吧。"简·普伦德莱斯冷冷地说。

"跟她订婚的男人叫什么?"

"查尔斯·拉弗顿-韦斯特。是汉普郡什么地方的下议员。"

"他们相识很久了吗?"

"一年多吧。"

"然后他们就订婚……有多久了？"

"两个月，不对，将近三个月了。"

"据你所知，他们之间有过争吵吗？"

普伦德莱斯小姐摇了摇头。

"没有，有的话我反倒觉得奇怪。芭芭拉不是好争吵的那种人。"

"你最后一次见到艾伦夫人是什么时候？"

"上周五，我去度周末之前。"

"艾伦夫人留在城里了吗？"

"对。她应该是计划周日和她的未婚夫一起出去。"

"那你呢，你在哪里过的周末？"

"在艾塞克斯的莱德斯，莱德斯会堂。"

"和谁一起？"

"本廷克先生和夫人。"

"你是今天早上才回来的？"

"是的。"

"那你一定一早就上路了？"

"本廷克先生顺路送我。他十点钟就得进城，所以要很早出门。"

"原来如此。"贾普点了点头，普伦德莱斯小姐回答得干脆利落，没有任何疑问。

"你怎么看拉弗顿-韦斯特先生？"波洛开始发问。

普伦德莱斯小姐耸了耸肩。

"这和案情有关系吗？"

"不，应该没什么关系，不过我想听听你的看法。"

"我没办法说他是哪类人。他很年轻——顶多三十一二岁，很有野心，善于作公众演说，前途无量。"

"这些都是好的一面——还有没有一些负面的印象？"

"这个嘛……"普伦德莱斯小姐迟疑了一会儿，"在我看来他没什么特别的。他提出的想法都不是他自己的，另外他有些自大。"

"我的小姐，这些也不是什么大错。"波洛面带微笑地说。

"你这么认为吗？"普伦德莱斯小姐的语调略显讽刺。

"对你来说可能是。"

波洛仔细观察着普伦德莱斯小姐，察觉到她看起来有些不安的时候便乘胜追击。

"不过对于艾伦夫人来说——不，她很可能根本就没注意到你说的那些。"

"你说得没错。芭芭拉觉得那个人堪称完美，没人比得过他。"

"你很喜欢你的这位朋友吧？"波洛温和地说。

这个问题终于引发了普伦德莱斯小姐的情绪变化，波洛看到她用手捏了一下膝盖，脸部线条跟着一紧。

"你说得没错。我很喜欢她。"

贾普又问道："普伦德莱斯小姐，我还有最后一个问题。你们从来没有争吵过吗？也没有什么不愉快？"

"都没有。"

"包括她订婚这件事？"

"当然。她开心我也开心。"

短暂的沉默后，贾普说："据你所知，艾伦夫人有没有什么仇人？"

这次沉默的时间有点长,简·普伦德莱斯小姐再次开口时,口气发生了一些变化。

"我不太明白,您所说的仇人是什么意思?"

"比如说谁会因为她的死而获利?"

"哦,不,这太荒谬了。她只有一份十分微薄的收入。"

"谁会继承她的那些收入呢?"

普伦德莱斯小姐表现出适度的惊讶,说道:"这我真的不知道。如果是我的话我也不会太意外。我的意思是,如果她有遗嘱的话。"

"其他方面也没有任何仇人?"贾普赶紧转移了话题,"比如什么人会对她怀恨在心?"

"我不认为会有人对她怀恨在心。她为人非常温和,讨人喜欢,生来就是个可爱的人。"

说起这些时,普伦德莱斯小姐那就事论事的口吻首次出现了一些动摇。

波洛微微点了点头。

贾普说道:"那么,综上所述,艾伦夫人最近状态不错。她没有任何财务上的困扰,刚订下一桩合意的婚事。也就是说,她完全没有理由选择自杀,是这么回事吧?"

简小姐沉默良久,回应道:"是的。"

贾普站起身。

"恕我失陪,我有话要对詹姆森警督讲。"

说完他就离开了,留下赫尔克里·波洛和简·普伦德莱斯二人在房间里面面相觑。

第三章

两人相对无言了几分钟。

简·普伦德莱斯以审视的目光迅速扫了一眼面前的小个子男人，然后马上目视前方，不发一语。她发觉眼前的这个男人让她无法放松，她一动不动，十分紧张。终于，波洛打破了沉默，听到他的声音，普伦德莱斯不由得松了一口气。

"小姐，这壁炉你是什么时候点的？"波洛用一种聊家常的语气问道。

"点壁炉？"她的声音听起来含糊不清、心不在焉，"哦，早上我一回到家就点上了。"

"上楼之前还是之后？"

"之前。"

"哦。确实，这很自然……当时壁炉里有炭吗，还是你自己添的？"

"有炭。我只需要放一根火柴进去。"

她的语气中显露出一丝不耐烦。她觉得对方其实是在没话找话——或许这正是他的本意。不管怎样，他依旧保持着闲聊的口吻发问。

"可是你的朋友——我注意到她的房间里只有煤气取暖炉。"

简·普伦德莱斯机械地回答道:"这是唯一烧煤的壁炉,屋里其他的都用煤气。"

"你们做饭也用煤气吗?"

"如今大家都用煤气吧。"

"确实。省了不少事。"

简短的对话就此终结。简·普伦德莱斯用脚尖敲打着地板,突然问道:"那个人——贾普警督——他聪明吗?"

"他挺能干的。是的,他的脑子不错。工作勤勉努力,很少出错。"

"我很怀疑……"普伦德莱斯嘟囔着。

波洛看着她。在炉火的映衬下,他的眼睛显得格外绿。

他轻声问道:"你朋友的死对你是个很大的打击吧?"

"太可怕了。"她突然流露出真情。

"你完全没想到吧——有吗?"

"当然没想到。"

"所以一开始你觉得这简直是不可能的——不是真的?"

波洛感同身受的语气让简·普伦德莱斯渐渐放下了防备。她回答得很急切,语气自然,不再僵硬。

"没错。就算芭芭拉真的打算自杀,我也无法想象她会用那种方式。"

"即便你知道她有一把枪?"

简·普伦德莱斯很不耐烦。

"是的。那把枪——哦!只是防身用的。她之前去过很多鸟不拉屎的鬼地方,养成了随身带把枪防身的习惯。她没有其他想法,我很确定。"

"啊!可你为什么那么确定?"

"哦，因为她说过的一些事情。"

"比如说？"

波洛的语气始终很轻柔、友善，巧妙地劝诱对方说下去。

"这个嘛，比如说，有一次聊到自杀的时候，她说最容易的方法就是紧锁门窗不留任何缝隙，然后打开煤气，躺到床上去等死就可以了。我说我感觉我是做不到躺在那里等死的，我宁可给自己一枪。她当时就说她不可能那样做，她一定会害怕到扣不动扳机，而且，不管怎么说，她都不想听到'砰'的一声枪响。"

"我明白了，"波洛说，"确实如你所说，这很奇怪……因为，你刚刚告诉过我，她房间里用的是煤气取暖炉。"

简·普伦德莱斯盯着波洛，一下子怔在那里。

"是的，没错……我想不明白——不，我想不通她为什么没用煤气。"

波洛摇了摇头。

"是的，这看起来……很奇怪……很反常。"

"这整件事都很反常。我到现在都无法相信她自杀了。我想那是自杀吧？"

"这个嘛，倒也有另一种可能。"

"您这话是什么意思？"

波洛直直地盯着她。

"有可能是……谋杀。"

"哦，怎么会？"简·普伦德莱斯往后退了几步，"哦，不！你这说法太吓人了。"

"吓人？也许吧。但你有没有被这个不可能的说法吸引？"

"可门是从里面锁上的，窗户也是。"

"门是锁着的——没错。但是无从证明到底是从里面还是从外面锁上的。因为……钥匙不见了。"

"可是……如果钥匙不见了的话……"普伦德莱斯顿了顿,"那门就一定是从外面锁上的。不然钥匙就肯定还在房间里。"

"哦,这确实有可能。不过那个房间还没被彻底搜查过。也说不定那把钥匙已经被人从窗户扔出去,之后又被人捡走了。"

"谋杀!"简·普伦德莱斯再次说出这种可能,机灵黝黑的脸庞上露出热切的神情,"我觉得你说的是对的。"

"但如果是谋杀,就应该有杀人动机。你能想到什么动机吗,小姐?"

简·普伦德莱斯轻轻地摇了摇头,但波洛仍从她这否定的动作中看出她在刻意隐瞒什么。

这时,贾普推门走了进来。

波洛站起身来,说:"我一直在跟普伦德莱斯小姐说她的朋友可能并不是自杀的。"

"现在下结论恐怕还为时过早。"贾普微微面露愠色,并用责怪的眼神瞥了波洛一眼,"我们总要考虑到所有的可能性才行。目前就只知道这么多。"

"我明白。"简·普伦德莱斯轻声回应道。

贾普朝她走了过去。

"那么,普伦德莱斯小姐,你见过这个吗?"

他摊开一只手,手心里有一个深蓝色椭圆形珐琅质地的小玩意儿。

简·普伦德莱斯摇了摇头。

"从没见过。"

"不是你或者艾伦夫人的?"

"不是。这不是我们女人会用的玩意儿,不是吗?"

"哦！所以你知道这是什么。"

"这很明显啊，不是吗？这是一枚男人用的袖扣。"

第四章

"那个年轻女人真是太自以为是了。"贾普抱怨道。

两位男士又回到了艾伦夫人的卧室。尸体已经不在房间里了,拍照取证和收集指纹的人都完成工作离开了。

"真不能小瞧了这个女人。"波洛也表示赞同,"她不仅不傻,还是个绝顶聪明又相当干练的年轻人。"

"你觉得是她干的吗?"贾普突然燃起一丝希望,"确实,她的确有嫌疑。我们得好好琢磨琢磨她的不在场证明。想想她对那个年轻下院议员的指责,我觉得她有点过于苛刻了!听起来很可疑。有可能是因为他拒绝了她的好意。而她恰恰是那种能不动声色地把让她不爽的人干掉的女人,还不会被任何人发现。没错,我们得再看看她的不在场证明。她的不在场证明实在是太凑巧了,要知道,艾塞克斯郡离这里又不远,来来往往的火车和汽车都很多。我们有必要去了解一下,比如,她昨晚有没有声称头疼于是早早回屋睡觉之类的。"

"你说得对。"波洛表示赞同。

"不管怎么说,"贾普继续说,"她现在对我们都是有所隐瞒的。你是不是也感觉到了?那个年轻女人一定知道些什么。"

"是的,显然。"波洛若有所思地点了点头。

"这类案子总有这种麻烦，"贾普又开始抱怨，"人们总是闭口不言——有时候还会拿出冠冕堂皇的理由。"

"就这一点来讲，我们确实不能怪他们，我的朋友。"

"确实，但这样一来我们就很难办了。"贾普嘟囔着。

"这样不正好可以让你大显身手了吗。"波洛宽慰道，"顺便问一下，指纹那边有什么线索吗？"

"哦，就是谋杀。没在手枪上发现任何指纹。在塞到艾伦夫人手里之前，枪上的指纹都被处理干净了。就算艾伦夫人能做出杂耍般令人咋舌的动作，伸长手臂绕过脑袋，她也得拿着枪才能扣扳机啊，死后的她是不可能擦掉手枪上的指纹的。"

"确实不可能，这表示开枪的另有其人。"

"如果不是另有其人，那指纹问题就真是奇怪了。门把手和窗户上也没有任何指纹。想到什么没，嗯？屋子里可到处都是艾伦夫人的指纹啊。"

"詹姆森警督那边有什么发现吗？"

"从那个小时工那里吗？没有。她倒是没少说，但可惜她知道得实在不多。唯一的贡献是证实了艾伦和普伦德莱斯两个人的关系还不错。我让詹姆森到巷子里去了解情况了。我们还得去跟拉弗顿－韦斯特先生聊一聊，看看他昨晚在哪儿、在做什么。另外，我们还要去检查一下艾伦夫人的文件和信函。"

贾普说干就干。检查期间他时而嘟囔一声，然后把某样东西扔给波洛。整个过程没花太长时间，一来是因为桌上的文件并不多，二来是整理得井井有条，并有详细的摘要。

结束时贾普往后一靠，长叹一声。

"没什么有用的发现，你那边呢？"

"跟你一样。"

"大部分内容一目了然,收据或是未付的账单,没什么特别的。还有些社交信函——邀请函,朋友写给她的信。以及这些——"贾普说着把手放在七八封信上,"她的支票簿和存折。你看出些什么了吗?"

"是的,她已经透支了。"

"还有别的吗?"

波洛露出微笑。

"你这是在考我吗?不过没关系,我知道你在想什么。三个月前,她取了两百英镑,昨天,她的户头上又有两百英镑被取走了——"

"但支票存根上没有这两笔钱的记录。开给她自己的支票全是小钱——最多的一笔是十五英镑。而且我必须告诉你,整个屋子里都没有那两百英镑。一个手提包里有四英镑十便士,另一个袋子里有一两个旧先令。我认为这已经很说明问题了。"

"也就是说昨天那笔钱刚取出来就被她花掉了。"

"没错。你觉得她可能会把钱给谁?"

这时詹姆森警督推门而入。

"詹姆森,有什么进展吗?"

"是的,先生,有几件事。第一,没有人听到枪声。之前说听到过枪声的那两三个女人不过是想象力丰富罢了——全是想象出来的。毕竟当时烟花漫天,不太可能有人听见枪声。"贾普抱怨道。

"不能指望这个。你继续说。"

"昨天下午到晚上,艾伦夫人基本上都待在家里。她五点左右回到家,快六点的时候又出了一趟门,不过只是去巷尾的邮箱。晚上九点半左右有辆车子开到她家门口——燕子牌①豪华轿车——从车里走下一个男人，穿着深蓝色大衣，戴圆顶礼帽，留两撇小胡子，约莫四十五岁，仪表堂堂，带些军人气质。住在这条巷子十八号的司机詹姆斯·霍格说，这个男人以前也来过艾伦夫人家。"

"四十五岁，"贾普说，"看起来不是拉弗顿－韦斯特。"

"不管他是谁，反正这个男人待了不到一个小时，十点二十分左右离开了。他就一直站在门廊里和艾伦夫人说话。詹姆斯·霍格的儿子弗雷德里克·霍格当时就在附近晃，正巧听到了那个男人说的话。"

"他说什么了？"

"'这样，你再好好想想，想好了告诉我。'接下来艾伦夫人说了几句，他又说：'那好吧。再见。'说完这句他就回到车里，开车离开了。"

"那时是十点二十分。"波洛若有所思地说。

贾普搓了搓鼻子，说："也就是说，十点二十分的时候艾伦夫人还活着。接下来呢？"

"没有了，先生，我知道的就是这些。住在二十二号的司机十点半到家的，他答应孩子们晚上放烟花。孩子们都在等他——事实上整条巷子的孩子们都在等他。大家围成一团热热闹闹地看过烟花，之后就都回家睡觉去了。"

"这段时间还有人去过十四号吗？"

"没有——但这也说明不了什么，毕竟那时没人会注意。"

---

①燕子牌(Standard Swallow)：一九二七年，捷豹汽车的前身"燕子"公司的合伙人里昂斯与沃姆斯利打造出第一款属于自有品牌的概念车。新车被定名为SS，它是Standard Swallow的缩写，因为该车的底盘和动力系统全部采购自英国老牌车厂Standard汽车公司。

"嗯，"贾普应声说，"这倒是。好啦，接下来我们得去找那位'蓄着小胡子、有军人气质的绅士'了。他显然应该是艾伦夫人生前见过的最后一个人。我还真想知道他是谁。"

"也许普伦德莱斯小姐能给我们答案。"波洛提议。

"有可能，"贾普沮丧地说，"也有可能她会选择不告诉我们。我坚信她能告诉我们不少信息，但前提是她想开口。波洛老兄，你怎么看？你刚才和她单独待了好一会儿，有没有在她面前施展你那'忏悔神父'般的魔力，让她吐露心声？"

波洛摊开双手，道："哎哟，我们只聊了聊煤气取暖炉。"

"煤气……取暖炉。"贾普似乎有些不屑，"你这是怎么了，老伙计？自打过来，你注意的不是羽毛笔就是废纸篓。哦，对了，我还看见你看着楼下的一个废纸篓琢磨了半天。里面有什么东西吗？"

波洛叹了口气。

"一本灯泡的产品目录和一本旧杂志。"

"你到底是怎么想的？要是有人想销毁什么跟案件相关的东西，或是其他什么你认为有用的东西，肯定不可能随意地丢进废纸篓里。"

"你说得没错。只有不重要的东西才会被随意地扔进废纸篓里。"

波洛语气谦和，没有理会贾普怀疑的眼神。

"好吧，"贾普说，"我知道下一步要怎么做了。你呢？"

"我嘛，"波洛说，"我要继续去研究废纸篓里那些不重要的东西。"

他一转身就溜出了房间。贾普一脸嫌弃地看着他的背影。

"疯了，"贾普念叨着，"一定是疯了。"

一旁的詹姆森警督保持着礼貌的沉默，但他的脸上已显露出英国人所特有的优越感：外国佬！

他大声说道："那就是赫尔克里·波洛吧！我听说过他。"

"我的一个老朋友，"贾普解释道，"提醒你一句，他可没看上去的那么随和。他这个人一直没变过。"

"是人们常说的有点老糊涂了吧，先生，"詹姆森警督说道，"毕竟，上了年纪嘛。"

"但我仍然想知道他在想些什么。"贾普说。

他踱步到写字台旁，不安地望着桌上那支翠绿色的羽毛笔。

第五章

贾普正十分投入地跟巷子里的第三位司机夫人了解情况时,波洛像一只猫一样悄无声息地凑了上来。

"哦哟,你吓了我一跳。"贾普说,"发现什么了吗?"

"没找到我想要的。"

贾普转过身去继续询问詹姆斯·霍格太太。

"你说你见过那个男人?"

"哦,是的先生。我丈夫也见过他。我们一眼就能认出他来。"

"好的,霍格太太。我看得出来,你是个精明的女人,我敢肯定这条巷子里的每一个人你都认识。而且,你还是个相当有判断力的女人——通常你做的判断也都是正确的,这我也看得出来——"贾普面不改色心不跳地第三次重复这套说辞,霍格太太渐渐有些洋洋自得起来,像是拥有什么超人的智慧,"跟我说说那两个女人,艾伦夫人和普伦德莱斯小姐,她们都是什么样的人?衣着光鲜?交际花?是这类的吗?"

"哦,不,先生,她们完全不像您说的那样。她们确实经常出去交际——尤其是艾伦夫人——不过她们都是很有品位的人。我这么说您能明白吧?她们可不像住在巷子那头的某些人。我很清楚那位史蒂文斯夫人在搞什么鬼，称她为夫人真是抬举——哦，我其实不该跟您说这些的……我——"

"确实。"贾普巧妙地转移了话题，"您告诉我的信息十分重要。这么说来，艾伦夫人和普伦德莱斯小姐都是很好的人，对吗？"

"哦，是的，先生，她们俩都是非常善良的女人——尤其是艾伦夫人，她对待小孩子总是轻言轻语。我想是因为她自己的女儿很小的时候就已经不在了的缘故吧，真是个可怜的人。啊，我自己也送走了三个。我想说的是——"

"是的，没错，这真让人伤心。那普伦德莱斯小姐呢？"

"哦，她自然也是一个好女人，不过个性太强了些，希望您能明白我的意思。她只会跟你保持点头之交，不会去你家待一天之类的。但我可不是说她不好，完全不是这个意思。"

"她和艾伦夫人相处得好吗？"

"哦，是的，先生。她们从不争吵，也不闹别扭什么的。她们过得很快乐、很满足。我想皮尔斯太太肯定也是这样认为的。"

"是的，我们和她谈过了。你能认出艾伦夫人的未婚夫吗？"

"你说那位要娶她的绅士吗？哦，我认得。他经常来这里。人们说他是什么下院议员。"

"昨天晚上来的那个人不是他吧？"

"不，不是他，先生。"霍格太太挺直了身子，为了掩饰自己的兴奋，她故作平静地继续说，"先生，我可以告诉你，你脑子里想的是错的。艾伦夫人不是你想的那种女人，这一点我可以肯定。确实，房子里当时没有别人，但艾伦夫人是不会干出那样的事情来的。我今天早上刚刚跟霍格先生说过。'不，霍格，'我说，'艾伦夫人是一位淑女，一位真正的淑女，所以你不要到处瞎说。'恕我直言,我可知道男人们的内心世界有多么龌龊。"

贾普并没有理会这番对男性的攻击,继续问道:"昨晚,你看到那个男人来了,又看到他走了——是这样吗?"

"是的,先生。"

"你有听到些什么吗?比如有吵架的声音吗?"

"没有,先生,没有类似的声音。这么说吧,吵架的人是不会让别人听到的,因为被别人听到,事情就会传得沸沸扬扬——巷子那头的史蒂文斯夫人和她那个吓怕了的女佣之间的矛盾就成了众人皆知的谈资了,我们都劝那女佣别干了,可是史蒂文斯夫人开出的薪水确实不赖。虽说她是个脾气很差的魔鬼,但她为此付钱了——一周三十先令——"

贾普迅速打断了霍格太太。

"但你没有听到从十四号传出类似的争吵?"

"没有,先生。当时巷子里烟花四起,到处都非常吵闹。把我家艾迪的眉毛都烧光了。"

"那个男人是十点二十分离开的——这点没错吧?"

"应该是的,先生。我不敢保证,不过霍格是这么说的,他这个人很靠谱,可以信任。"

"你看到他离开了。那有没有听到他说了些什么?"

"没有,先生。我当时离得不够近,听不到他们的对话。我是透过我家窗户看到他站在艾伦夫人家的门廊上和她说话。"

"你也看到艾伦夫人了?"

"是的,先生。她就站在门里边。"

"注意到她当时穿的是什么衣服了吗?"

"哦,这个我真的说不好。当时没太在意衣服。"

"连睡衣还是出门穿的衣服都看不出来吗?"波洛突然发问。

"嗯,我确实没注意,先生。"

波洛若有所思地抬起头看向上方的窗户,然后往十四号走去。他露出微笑,过了一会儿,他又过来贾普这边。

"那么,那个男人呢?"

"他身穿一件深蓝色大衣,头戴圆顶礼帽。衣着得体,而且看上去很精干。"

又问了几个问题后,贾普转而去询问另一个目击证人了。马斯特·弗雷德里克·霍格,一个两眼明亮,看上去玩世不恭又十分自大的家伙。

"是的,先生,我听到了他们的对话。那个男的说:'这样,你再好好想想,想好了告诉我。'是很愉悦的语气。接下来是女的说了些什么,然后男的说:'那好吧,再见。'说完他就回到了车里——我帮他扶着门,可他半个子儿也没给我。"马斯特·霍格的语气里透出一丝郁闷,"然后他就开车走了。"

"你没有听到艾伦夫人说了些什么吗?"

"没有,先生。"

"能告诉我她当时穿着什么样的衣服吗?比如说是什么颜色的?"

"我说不上来,先生。您看,我并没有看到她,我想她当时站在门后。"

"好吧。"贾普说,"接下来,小伙子,我需要你非常认真地回答我的下一个问题。如果你不知道或是想不起来了,你就直说。明白了吗?"

"明白,先生。"马斯特·霍格的眼神中充满了期待。

"是谁关的门?艾伦夫人还是那个男人?"

"你是说前门?"

"当然是前门。"

男孩陷入思考。他眼睛朝上看着,像在努力回忆。

"好像是那位夫人——不,不是她。是男士。他使劲拉了一下门,门发出轻响后砰地关上了,然后他就飞快地钻进车子里。像是要赶去别的地方约会一样。"

"很好。年轻人,你很聪明,这是给你的六便士。"

把马斯特·霍格打发走以后,贾普看向波洛,两人达成了什么共识,一起慢慢地点了点头。

"很有可能!"贾普说。

"确实有可能。"波洛表示赞同。

他的眼睛闪着绿色的光,像猫的眼睛。

第六章

一回到十四号的客厅，贾普立刻开门见山直奔主题。

"普伦德莱斯小姐，我们不如现在就打开天窗说亮话吧。真相早晚会水落石出的。"

正站在壁炉旁边暖脚的简·普伦德莱斯扬了扬眉毛。

"我真的不明白你在说什么。"

"真的吗，普伦德莱斯小姐？"

她耸了耸肩。

"你问的问题我都回答了。没什么其他能帮到你的了。"

"哦，我倒是认为你还可以出很多力——只要你肯配合。"

"那只是你认为，不是吗，贾普警督？"

贾普马上脸涨得通红。

"我想，"波洛说，"要是你能告诉这位小姐案子目前的进展，她就能更好地回应你提出的问题了。"

"这个好办。普伦德莱斯小姐，请你听好。你的朋友头部中枪身亡，她被发现的时候手里握着一把手枪，房间的门窗都是锁着的，看起来像是简单的自杀。但事实上并不是。仅凭验尸报告就可以证明。"

"怎么讲？"

普伦德莱斯语气中的冷漠已经完全消失，她身子不由自主地向前倾，注视着贾普。

"手枪在她手里，但她的手指并没有握住枪。而且，手枪上没有任何指纹。从她伤口的位置来看，这一枪也不太可能是她自己开的。再有，她没有留下遗书，打算自杀的人通常不会这么做。最后，案发现场房门紧锁，但钥匙还没有找到。"

简·普伦德莱斯慢慢转过身，找了把椅子坐下来，面对贾普和波洛。

"那就是了！"她说，"我一直觉得她是不可能自杀的！我想得没错！她没有自杀。她是被谋杀的。"

她陷在思绪里沉默了一会儿，接着突然抬起头。

"你想问什么就问吧，"她说，"我会把我知道的都说出来的。"

贾普马上开始发问。

"昨天晚上有人来找过艾伦夫人。据说是一个四十五岁、蓄着小胡子、看上去像个军人的男人。那人衣冠楚楚，开着燕子牌豪华轿车。你知道这个人是谁吗？"

"我不能肯定，但听上去像是尤斯塔斯少校。"

"谁是尤斯塔斯少校？把你知道的关于他的一切都告诉我。"

"这个男人是芭芭拉在国外时认识的——在印度的时候。大约一年前他突然出现，然后就经常来。"

"他是艾伦夫人的朋友吗？"

"他装成他是。"简冷冷地说。

"艾伦夫人觉得他怎么样？"

"我觉得她不怎么喜欢他——我觉得她就是不喜欢他。"

"但还是表现出友善的样子，是吗？"

"是的。"

"艾伦夫人有没有表现出——普伦德莱斯小姐,请你仔细想一想——有点怕他?"

简·普伦德莱斯认真地考虑了一会儿,然后她说:"是的,我想是的。因为只要他一出现,芭芭拉就会紧张兮兮的。"

"他有没有见过拉弗顿-韦斯特?"

"就见过一次。他们两个人不太合拍。其实就是尤斯塔斯少校总是会尽可能地讨好查尔斯,但查尔斯根本不吃他那一套。查尔斯看人非常准,谁是好人他看得非常准。"

"所以尤斯塔斯少校不是你刚说的……好人喽?"波洛问道。

这位年轻的女士冷冷地说:"不,他不是。他为人粗鄙,肯定不是什么名门望族。"

"哦——我不太明白你的这个说法。你是想说他不是正人君子?"

简·普伦德莱斯的脸上迅速划过一丝笑意,但她开口时声音冰冷,"对。"

"普伦德莱斯小姐,要是我告诉你这个男人在敲诈艾伦夫人,你会不会觉得惊讶?"

贾普往前倾了倾身子,观察这个问题带来的结果。

对方的表现确实没有让他失望。普伦德莱斯皱着眉头,两颊泛起红晕,双手一下子抓紧椅子的扶手。

"所以那就是了!我真傻,居然没猜到。当然!"

"你觉得这个说法说得通,对吗,小姐?"波洛问道。

"我真傻,早该想到这一点!过去的这半年里芭芭拉管我借过几次钱,数目都不大。我还看到过她坐在那儿翻看她的存折。但因为知道她的收入足够支付开销,所以就没有多加过问。

但是，当然了，如果她要给别人一笔钱的话——"

"这样就能解释她的很多行为了，对吗？"波洛问道。

"没错。最近她总是很紧张，有时候还神经兮兮的。简直和以前的她判若两人。"

波洛温和地说："不好意思，但你之前不是这么跟我们说的啊。"

"这和我之前说的不是一回事，"简·普伦德莱斯烦躁地摆了摆手，"她没有闷闷不乐，不像是想要自杀的样子。但是敲诈——没错。她要是告诉我就好了。我肯定会让那个男人下地狱。"

"他可能已经去了——不是地狱，而是……会不会去找查尔斯·拉弗顿-韦斯特了？"波洛征询道。

"嗯，"简·普伦德莱斯缓慢地说，"对……确实……"

"你知道艾伦夫人有什么把柄落在那个男人手里吗？"贾普问。

年轻女士摇了摇头。

"一无所知。以我对芭芭拉的了解，甚至不觉得她会有什么把柄。不过，从另一方面来看……"她顿了顿，然后继续说道，"我想说的是，芭芭拉这个人在某些方面有些傻气。她很容易被吓到。说白了，她这种女孩儿就是勒索者眼中最好的猎物！那个下流的畜生！"最后几个字是恶狠狠地说出来的。

"但是可惜，"波洛说，"这个案子看起来好像反了。正常情况下，应该是被勒索的人干掉勒索他的人，现在被勒索的人成了死者。"

简·普伦德莱斯皱了皱眉。

"确实……你说得对……但是我也能想象出当时的情形……"

"想象出什么？"

"假设芭芭拉当时十分绝望。她可能举起了她那把小手枪威胁那个男人。他试图把枪夺下来,但在厮打的过程中碰到了扳机,一枪把她打死了。他当时肯定是吓坏了,于是就伪造了自杀的现场。"

"有可能,"贾普说,"但有一点说不通。"

普伦德莱斯询问地看着贾普。

"尤斯塔斯少校——如果凶手真的是他——昨晚十点二十分的时候就在门廊上与艾伦夫人道别离开了。"

"哦,是这样啊。"年轻女孩的脸沉了下来,沉默了片刻之后又慢条斯理地说,"但是他有可能之后再回来。"

"是,有这个可能。"波洛说。

贾普继续发问:"普伦德莱斯小姐,请你告诉我,艾伦夫人一般喜欢在哪里接待客人呢?是在这间客厅,还是楼上她自己的房间?"

"两个她都会用到。不过,这间客厅一般用来举办比较公开的聚会或者是接待我的朋友。我们是这样约定的,芭芭拉住那间大卧室,也把那里当会客厅来用;我的卧室小一些,于是这间客厅归我接待朋友。"

"如果尤斯塔斯少校昨晚是应约前来的,那艾伦夫人会在哪里接待他?"

"我觉得芭芭拉可能会把他带到这里。"普伦德莱斯的语气有些迟疑,"这样就不会显得过于亲密。不过,如果她需要开支票或是写点什么东西的话,带他去楼上的卧室也是可能的。这里没有纸和笔。"

贾普摇了摇头。

"我根本没有提到支票。艾伦夫人昨天取了两百英镑现金,可到现在我们都没在这幢房子里找到这笔钱的下落。"

"她把钱给了那个畜生?哦,可怜的芭芭拉!真可怜!"

波洛清了清嗓子。

"除非,就像你说的,一切不过是一场意外事故,让他亲手葬送了一个长期收入来源。"

"事故?那可不是什么事故。就是他一时失控起了杀心,于是杀了她。"

"你是这样认为的吗?"

"对。"普伦德莱斯又激动地补充了一句,"谋杀——就是谋杀!"

波洛严肃地说道:"我想我并不会否定你的说法,小姐。"

"艾伦夫人平时抽哪种烟?"贾普继续发问。

"无滤嘴的。那个盒子里就有一些。"

贾普随即打开盒子拿出一支香烟,点了点头,然后顺手放进了自己的口袋。

"那你呢,小姐?"波洛问道。

"我也抽这种。"

"你不抽土耳其烟[①]吗?"

"从来不。"

"艾伦夫人也不抽吗?"

"不。她不喜欢那种烟。"

"那拉弗顿-韦斯特先生呢,他抽什么烟?"波洛继续问。

年轻女孩盯着波洛。

"你说查尔斯?他抽什么烟跟这件事情有关系吗?你不会是

[①] 土耳其烟(Turkish):又称香料烟、东方型烟,原产于地中海沿岸国家。由于香料烟具有浓郁芳香和纯净吃味的品质特点,在烟草制品中有着特殊的应用价值。

在怀疑是他杀了芭芭拉吧?"

波洛耸了耸肩。

"小姐,那也不过是一个男人杀了他之前爱过的女人。"

简不耐烦地摇了摇头。

"查尔斯不会杀任何人的。他是个非常谨慎的人。"

"谨慎又怎么了,小姐,谨慎的人才会实施最聪明的谋杀。"

普伦德莱斯目不转睛地盯着波洛。

"但绝不可能出于你刚才所说的原因,波洛先生。"

波洛低下头说:"是的,你说得对。"

贾普站起身。

"好了,我觉得我没必要继续留在这里了。我想再四处看一下。"

"万一那笔钱被塞在了什么地方呢?您请便。也可以看看我的房间——尽管芭芭拉不太可能把钱藏在我那儿。"

贾普的搜查迅捷而有效。没几分钟就把客厅的每一个角落都翻了一遍,接着他上了楼。简·普伦德莱斯一直坐在椅子的扶手上抽烟,皱着眉头望着壁炉里的火光。波洛则看着她。

过了一会儿,波洛轻声问道:"拉弗顿-韦斯特先生现在在伦敦吗?"

"这我可不知道。不过我觉得他可能在汉普郡工作呢。我应该发个电报通知他的。这件事太可怕了。我居然给忘了。"

"发生了这么大的事儿,难免会忘东忘西,小姐。而且坏消息不用急,谁都不会想第一时间听到的。"

"那倒是。"普伦德莱斯心不在焉地说。

听到贾普下楼梯的声音,简起身走到房门口去迎接他。

"怎么样?"

贾普摇了摇头。

"没什么新发现,普伦德莱斯小姐。整幢房子都被我搜了一遍。哦,我还应该去看一下楼梯下面的柜子。"

说话间他已经伸手去拉柜子的把手了。

"锁着的。"简·普伦德莱斯说这话时的口气引得两个男人齐刷刷地看向了她。

"确实。"贾普语调轻快地说,"锁着的。你应该有钥匙吧。"

女孩却仿佛瞬间石化了一般。

"我——我不太记得钥匙放到哪儿了。"

贾普迅速瞟了她一眼,松开柜子把手,继续用一种轻快自然的语气说:"哎呀,这可真糟糕,我可不想把这柜子给毁了。我让詹姆森去拿把万能钥匙来试试吧。"

普伦德莱斯动作僵硬地往前凑了凑,说:"哦,等一下。我想可能是在……"

她走回了客厅,再次出现时手里拿着一把挺大个儿的钥匙。

"这柜子平时都是锁着的,"她解释道,"不然很容易刮到雨伞或者别的东西。"

"英明的决定。"贾普一边说一边兴冲冲地接过钥匙去开柜门。

柜子里漆黑一片,贾普拿出随身携带的小手电筒,四处照了照。

波洛的目光追随着贾普的手电筒发出的光束,并注意到站在他身旁的普伦德莱斯身体僵直,且屏住了呼吸。

柜子里没有几样东西:三把雨伞——其中一把还是坏的;四根手杖;一套高尔夫球球杆;两把网球拍;一张折得整整齐齐的毯子和几块破损程度不一的沙发垫子。这堆东西上面,有一个小巧的手提箱。

就在贾普伸手要去够的时候，简·普伦德莱斯突然说道："那是我的。我——今天早上刚带回来的。里面没有任何东西。"

"只是想确认一下。"贾普的语气愈发友善。

箱子没有锁，里面装着几把刷子和几瓶洗浴用品，外加两本杂志。除此以外再没有其他东西了。

贾普小心翼翼、里里外外地检查了一遍箱子。当他关上箱子，开始扒拉那些沙发垫子的时候，普伦德莱斯在旁边长舒了一口气。

除了能看到的这些东西以外，柜子里确实没有什么了，贾普很快就结束了搜查。

贾普锁上柜门，把钥匙交还给简·普伦德莱斯。

"好吧，那就暂且如此。你能告诉我拉弗顿－韦斯特先生的地址吗？"

"法利库姆府，小莱德伯里，汉普郡。"

"谢谢你，普伦德莱斯小姐，眼下没什么事了。不过之后我有可能还会再来。顺便说一句老生常谈，在警方对外公开之前，请你就把这件事当成自杀案。"

"当然，我明白。"

普伦德莱斯小姐跟贾普和波洛握了握手。

两人沿着巷子往外走时，贾普忍不住说道："天哪，柜子里面到底有什么？一定有什么东西。"

"没错，一定有什么。"

"而且我敢打赌，百分之九十的可能性跟那个手提箱有关！可我就像个傻狗一样，什么都没发现。每一个瓶子我都看过了，内衬也都摸了一遍，会是什么鬼东西？"

波洛若有所思地摇了摇头。

"那个姑娘肯定和此事有关。"贾普继续说，"说什么箱子是她早上才拿回来的？绝对是睁眼说瞎话！你注意到里面的两本杂志了吗？"

"看到了。"

"其中一本是去年七月份的！"

第七章

1

次日,贾普来到波洛的住处,一进门就极其不满地把帽子往桌子上一扔,一屁股坐在了椅子上。

他咆哮道:"她居然是清白的!"

"谁是清白的?"

"普伦德莱斯。她那晚在别人家里打桥牌,一直玩到午夜。男女主人、一位和她一样去做客的海军指挥官,以及两名用人都能帮她证明。没什么可怀疑的,看来我们要排除她的嫌疑了。不过,我还是想知道她为什么对那个柜子里的手提箱有那么大的反应,她当时看起来就像是一只热锅上的蚂蚁。波洛,这是你的专长,你喜欢解决这种无厘头的谜题。'小手提箱疑云'。这名字听起来真是让人心潮澎湃!"

"我倒是有个更好的名字。'诡异的烟味之谜'。"

"作为标题有点太长了。烟味——嗯?我们第一次检查尸体的时候你就一直到处嗅,就是因为这个吗?我亲眼看到的——还听到了!窸窸窣窣——呼哧呼哧,我当时还以为你感冒了。"

"你完全搞错了。"

贾普叹了口气。

"我一直以为你只是比别人多了些小小的灰色脑细胞，别跟我说你鼻子里的细胞也比别人的更灵敏。"

"不，怎么会，你冷静点。"

"我怎么没有闻到香烟味。"贾普依旧百思不得其解。

"我也没有，我的老兄。"

贾普疑惑地看着波洛。接着从口袋里摸出了一根香烟。

"艾伦夫人抽的就是这种——廉价香烟。那些烟蒂里有六个是这种，还有三个是土耳其烟。"

"完全正确。"

"我猜你都没看，而是用神奇的鼻子闻出来的！"

"我向你保证，我的鼻子完全没有参与。我什么都没闻出来。"

"那就是脑细胞的功劳了？"

"这个嘛……还是能看出一些端倪的，你不觉得吗？"

贾普斜眼看了一下波洛。

"比如说？"

"比如说，房间里明显少了点东西。同时我又觉得多了些什么……然后，在那个写字台上……"

"我知道了！就是那支羽毛笔！"

"大错特错。跟羽毛笔没有半点关系。"

贾普知难而退地转移了话题。

"我约了查尔斯·拉弗顿-韦斯特半小时后在苏格兰场见面。我觉得你大概有兴致和我一起。"

"我确实非常乐意。"

"还有个好消息，我们已经追寻到了尤斯塔斯少校的行踪。

他住在克伦威尔路的一间公寓里。"

"太棒了!"

"不过我想去那里没那么容易,尤斯塔斯少校可不是什么好人。等我们见过拉弗顿-韦斯特,再一起去他那里,你看怎么样?"

"没问题。"

"那好,咱们走吧。"

2

十一点三十分,查尔斯·拉弗顿-韦斯特被带进了贾普警督的办公室,贾普站起身来跟他握了握手。

感觉得到,这位中等身高的下院议员个性鲜明。他的脸刮得很干净,长着一张像演员一样能说会道的嘴巴和一双略显外凸的眼睛,这种长相的人多半是天生的演说家。他有一种低调的魅力,显得有良好的教养。

尽管面容苍白且有些憔悴,他却依旧保持着应有的礼貌和风度。

他坐了下来,把手套和帽子一并放在桌上,然后看向贾普。

"首先,拉弗顿-韦斯特先生,我得说,我非常理解你的心情,你一定十分悲痛。"

拉弗顿-韦斯特没有理会。

"我的心情不重要。警督,你直说无妨,你们是否知道我的——艾伦夫人,到底是因为什么而自杀的?"

"你能为我们提供些可能的理由吗?"

"不,不能。"

"你们两个之间没有发生过争吵吗？或者冷战之类的？"

"完全没有。这件事对我而言就是晴天霹雳。"

"先生，或许这么说你会更容易接受，艾伦夫人并不是自杀的——她是被谋杀的！"

"谋杀？"查尔斯·拉弗顿－韦斯特瞪大了眼睛，像要把眼珠子挤出来，"你说是谋杀？"

"没错。现在，拉弗顿－韦斯特先生，你能想到谁会这么急着想要除掉艾伦夫人吗？"

拉弗顿－韦斯特气急败坏地回答道："不——不，绝对不可能有这样的事情！光是想想都让人——无法接受！"

"她从没提过和谁有什么过节吗？或是有什么人嫉妒她？"

"从来没有。"

"你知道她有一把小手枪吗？"

"不知道。"

拉弗顿－韦斯特的脸上显出一丝惊恐。

"据普伦德莱斯小姐说，那把枪是几年前她们俩出国时艾伦夫人买的。"

"是吗？"

"目前为止，我们只有普伦德莱斯小姐的证词。艾伦夫人很有可能是因为意识到自己处境危险，才会随身带枪的。"

查尔斯·拉弗顿－韦斯特将信将疑地摇了摇头，一脸茫然，显得困惑不已。

"拉弗顿－韦斯特先生，你觉得普伦德莱斯小姐这个人怎么样？我的意思是，你觉得她是一个诚实可靠的人吗？"

对方顿了片刻。

"我想是吧——是的，可以这么说。"

"你不喜欢她？"一直细细观察着被询问对象的贾普试探性地发问。

"这倒不是。只不过她不是我喜欢的那类女孩子。我不喜欢像她那种言辞犀利又能独当一面的女人。不过她确实是个诚实的人。"

"嗯，"贾普继续发问，"那你知道尤斯塔斯少校吗？"

"尤斯塔斯？尤斯塔斯？啊对，我想起来了。我在芭芭拉家——艾伦夫人家里见过这个人一次。我觉得他是一个很可疑的人。我也跟我——跟艾伦夫人提过。结婚后我肯定不希望他来我们家。"

"那艾伦夫人是怎么说的？"

"哦！她同意我的看法。她总是很相信我的判断。男人看男人总要比女人看男人准一些。她解释说她不能对一个许久没见的绅士表现得太失礼——她这个人最痛恨势利眼了！而且，嫁给了我，她自然会发现很多以前相熟的朋友……怎么说呢？不太适合再有来往了……我可以这么说吧？"

"你是想说嫁给了你，她的身份就抬高了，对吗？"贾普直言不讳。

拉弗顿-韦斯特抬了一下精心呵护过的手。

"不不，我不是这个意思。其实，艾伦夫人的妈妈是我家里的一个远亲，她的出身和我是完全一样的。只是鉴于我的身份，我必须谨慎择友，我的太太也同样要做到这一点。公众人物是不能随心所欲的。"

"哦，当然，"贾普干巴巴地附和着，继续发问，"所以你没什么能提供给我们的？"

"确实没什么。我现在大脑一片空白。芭芭拉！谋杀！这太不可思议了。"

"那么，拉弗顿－韦斯特先生，请你告诉我，十一月五日晚上你都做了些什么？"

"我做了什么？我做了什么？"

拉弗顿－韦斯特一下子拉高了音调，以表达抗议之情。

"这只是例行公事。"贾普解释道，"我们——呃——得询问每一个人。"

"我希望我这个身份的人是例外。"查尔斯·拉弗顿－韦斯特看着贾普，仿如君主俯视臣民。

然而贾普没有接话。

"我那天——让我想想……啊，想起来了，我那天在办公室。十点半离开的，沿着河堤散了一会儿步，路上还看了烟花。"

"幸好现在不再有那么多的叛国阴谋了。"贾普兴奋地说。

拉弗顿－韦斯特迅速瞥了他一眼。

"然后我——嗯——就回家了。"

"几点到的家？据我所知，你在伦敦的住处位于昂斯洛广场①。"

"我说不准具体时间。"

"十一点？十一点半？"

"差不多那会儿吧。"

"应该有人帮你开门吧？"

"没有，我自己带着钥匙。"

"散步的路上遇到什么人没有？"

"没有——呃——真的，警督，这些问题让我很不舒服！"

"拉弗顿－韦斯特先生，我向你保证，这不过是例行公事，

---

①昂斯洛广场（Onslow Square）是英国伦敦市中心偏西部的一个花园式广场。该区域是伦敦著名的富人区，地价昂贵。

并没有针对你的意思。"

这句话似乎稍微安抚了愤怒的下议员。

"如果仅此而已的话——"

"目前这样就可以了，拉弗顿-韦斯特先生。"

"有任何新消息，你会通知我的吧——"

"当然，先生。对了，请容我介绍，这位是赫尔克里·波洛先生，您可能听说过他。"

"是的、是的，我听说过这个名字。"

拉弗顿-韦斯特饶有兴致地看着眼前的小个子比利时人。

"先生，"波洛突然用一种非常外国人腔调的方式说道，"相信我，我也和您一样，心在流血。真的是太可惜了！您一定在承受巨大的痛苦！啊，我不该再提的。英国人是多么擅于隐藏内心的悲痛啊。"他拿出烟盒，"请原谅我——呀，没有烟了。贾普？"

贾普拍了一下自己的口袋，摇了摇头。

拉弗顿-韦斯特掏出自己的烟盒，咕哝着："呃，抽我的吧，波洛先生。"

"谢谢你、谢谢。"小个子波洛从烟盒里取出一支烟。

"波洛先生，正如你所说，"拉弗顿-韦斯特继续说道，"我们英国人确实不喜欢感情外露。谨慎冷静是我们的座右铭。"

说完，他冲二人行了一礼，走出了办公室。

"冠冕堂皇的家伙。"贾普厌恶地说，"头脑还不清醒！看来普伦德莱斯那个丫头说得没错。不过他长得确实不错，没什么情趣的女人或许会喜欢他。那根烟有什么线索吗？"

波洛把烟递给贾普，摇了摇头。

"埃及烟。很贵的一种。"

"不，这说明不了什么。很可惜，因为他的不在场证明实在是太弱了！可以说根本就不算不在场证明……波洛，太可惜了，整件事要是反过来就好了。要是艾伦夫人去敲诈拉弗顿-韦斯特……他才是理想的敲诈对象。为了避免丑闻，他会交出赎金的，他会听话得像只羊羔！"

"我的朋友，要是案子真像你想的那样确实很好，但这毕竟不是事实。"

"你说得对，尤斯塔斯才是敲诈人。我已经掌握了一些关于他的信息，这个人相当难缠。"

"那你有没有按照我说的去调查普伦德莱斯小姐？"

"我去了。稍等，我打个电话问问情况。"

贾普拿起听筒，和电话那边的人聊了一阵之后，他抬头看着波洛。

"没良心的。她出门去打高尔夫了。真是适合朋友被杀的第二天去做的事呢。"

波洛惊叹出声。

"怎么了？"贾普问道。

但波洛只是不停地自言自语。

"当然……当然……这很自然……我真是蠢！怎么就没注意到呢！"

贾普粗鲁地说："别在那里嘟嘟囔囔了，我们得去对付尤斯塔斯了。"

他惊讶地发现一抹灿烂的微笑浮现在波洛的脸上。

"对——是的，我们得去搞定他。现在，你看，我都知道了——我知道了一切！"

第八章

尤斯塔斯少校轻松自然地接待了二人。

尤斯塔斯的住处不大，用他自己的话说，不过是一个落脚的地方。见两位客人都不打算喝点什么，他便掏出了香烟盒。

贾普和波洛在接过香烟的瞬间默契地对视了一下。

"原来你抽土耳其烟啊。"贾普一边玩弄着指间的香烟一边说。

"是的。不好意思，你是不是想来点儿无滤嘴的？我这里也有。"

"不不，我抽这个就行了。"贾普往前倾了倾身子，换了一种语气继续说，"尤斯塔斯少校，你可以猜一猜我为什么要来找你吗？"

尤斯塔斯少校摇了摇头，显得漠不关心。他身材高大，样貌端正，有一种不修边幅的魅力。虽然他举止得体且具备幽默感，却掩藏不了浮肿的小眼睛中透出的狡诈。

他说："不。我不知道是什么事情需要劳烦一位警督亲自过来一趟。难道是因为我的车子？"

"不，跟你的车子无关。尤斯塔斯少校，我想你认识芭芭拉·艾伦夫人吧？"

少校往后靠在椅背上，吐出一口烟，用一种恍然大悟的语气说:"哦,原来如此!我早该想到的。她的遭遇真是不幸。"

"你已经知道了?"

"在昨天晚上的报纸上看到的。真糟糕。"

"你和艾伦夫人是在印度认识的吧?"

"是的,很多年前的事情了。"

"那你认识她丈夫吗?"

他顿了一下——仅有几毫秒,但在这几毫秒的停顿中,尤斯塔斯少校的那双小猪眼睛迅速地扫了一下贾普二人的脸。然后,他回答道:"不,实际上,我根本没见过艾伦先生。"

"你总听说过他的一些事情吧?"

"我听说他是个坏蛋。当然,不过是些传言。"

"艾伦夫人没说过什么吗?"

"从来没谈起过。"

"你和她走得很近吗?"

尤斯塔斯少校耸了耸肩。

"我们是老朋友了,你知道的,老朋友了,只是不常见面罢了。"

"不过你昨天晚上见过她,也就是十一月五日的晚上?"

"是的,事实上,没错。"

"你去了她家。"

尤斯塔斯少校点了点头,用一种轻柔又惋惜的口吻说:"是啊,她找我问一些有关投资方面的建议。哦,我知道你们想问什么,她的精神状况什么的。但这个真的很难说。她的举止还算正常,不过细想下来确实有一点神经紧张。"

"没有任何暗示她接下来打算做什么的细节吗?"

"什么都没有。事实上,告别的时候我还跟她说我过几天会给她打电话，到时候可以一起去看个演出什么的。"

"你说你会给她打电话，这是你们最后说的话了？"

"是的。"

"有意思。这和我了解到的不一样。"

尤斯塔斯变了脸色。

"哦，当然了，我也记不太清具体是哪几个字了。"

"据我所知，你当时说的是：'这样，你再好好想想，想好了告诉我。'"

"让我想想，啊，是的，你说得对。但确切来说也不是这样的。我当时跟她说的是，有空的时候告诉我。"

"差得很多啊，不是吗？"贾普说。

尤斯塔斯少校耸了耸肩。

"我的老兄，你总不能指望一个人能记住他在任何场合说过的每一个单词吧。"

"艾伦夫人是怎么回答你的？"

"她说她会给我打电话的。我记得是这样。"

"然后你说：'好的。再见。'"

"差不多吧。"

贾普轻声说："你说艾伦夫人找你是想让你给她一些有关投资方面的建议。那她有没有直接交给你两百英镑现金，让你帮她做投资？"

尤斯塔斯的脸瞬间胀成绛紫色。他向前倾身，咆哮道："你说这话到底是什么意思？"

"她给了还是没给？"

"这跟你无关，警督先生。"

贾普继续平静地说道："艾伦夫人从银行取了两百英镑现金。

其中一些是五英镑的零钱。当然了，是可以根据编号追查到这笔钱的。"

"要是她把钱给我了呢？"

"这笔钱是让你帮她做投资……还是……你敲诈她，尤斯塔斯少校？"

"真是荒谬。接下来你还打算说什么？"

贾普以最公事公办的口吻说道："尤斯塔斯少校，现在我不得不邀请你去苏格兰场录一份口供了。当然，我不会强迫你去的，而且，你要是愿意，完全可以带上你的律师。"

"律师？我他妈的为什么要带律师？你想威胁我什么？"

"我正在调查艾伦夫人死亡一案。"

"哦，我的天，你该不会是在怀疑——无稽之谈！好，事情是这样的。我那天如约赶去芭芭拉那里——"

"几点？"

"应该是九点半左右。我们坐下来聊天——"

"还抽了烟？"

"是的，抽了烟。这有什么问题吗？"尤斯塔斯警觉地问。

"你们当时是在哪里聊的天？"

"客厅里。进门左手边。我感觉我们聊得还不错。将近十点半时我起身离开，但在她家的门廊上又停留了一会儿，说了几句话——"

"最后几句话——非常精确。"波洛喃喃道。

"我很想知道，你又是谁？"尤斯塔斯转过身，毫不客气地说，"可恶的外国佬！这儿有你什么事？"

"我叫赫尔克里·波洛。"小个子男人颇具威严地说。

"就算你是赫拉克勒斯，也不关我的事。我说过了，我和芭芭拉聊得很好，和她分别后我就直接开车前往远东俱乐部。十一点前我就到那里了，到了之后直奔桥牌室，一直在那里打桥牌打到一点半。现在，请你好好琢磨琢磨吧。"

"这没什么好琢磨的，"波洛说，"你有很完美的不在场证明。"

"本来就是铁一般的事实！现在，先生，"尤斯塔斯看向贾普，"你满意了吗？"

"当晚你一直待在客厅里吗？"

"对。"

"没有去楼上艾伦夫人的房间吗？"

"我说过了，没有。我们一直待在那个房间，没离开过。"

贾普若有所思地盯着尤斯塔斯看了一会儿，然后问道："你有几对袖扣？"

"袖扣？你说袖扣？这又有什么关系？"

"你可以不回答这个问题。"

"回答问题？我不介意回答啊。我没什么可隐瞒的。你们应该跟我道歉。这儿有一对……"尤斯塔斯说着伸长了胳膊。

贾普看见了他袖口上黄金和铂金合铸的袖扣，点了点头。

"其他的都在这里。"

尤斯塔斯站起身，从抽屉里拿出一个盒子，打开盒盖，粗鲁地拿给贾普看，差点儿戳到贾普的鼻子。

"很棒的款式，"贾普说道，"不过我看到有一个好像坏了——上面的珐琅装饰掉了。"

"那又怎么了？"

"我猜你自己都不知道这是什么时候坏的吧？"

"一两天前吧，刚坏的。"

"如果我告诉你这东西是在你拜访艾伦夫人时坏的,你会不会觉得吃惊?"

"为什么不可能是那时候?我并没有否认我去过她家。"尤斯塔斯咄咄逼人地说。他想以这种方式来体现自己的理直气壮,却控制不住颤抖的双手。

贾普往前倾了倾身子,加重语气道:"确实,不过,掉下来的袖扣碎片不是在客厅里发现的,而是在楼上艾伦夫人的卧室里找到的——她就死在那个房间里,而且曾有一个男人坐在屋里抽烟,抽的正是你抽的那个牌子。"

目的达到了。尤斯塔斯跌坐在椅子里,两只眼睛滴溜溜地转动,之前的傲慢消失殆尽,换上一副难看的畏缩样。

"你没有任何证据,"他的声音只剩无力地呻吟,"你想栽赃我……但这可没那么容易。我有不在场证明……那晚我离开后,就再也没去过那附近……"

波洛接过话头,说道:"确实,你没有再回到那栋房子附近……你根本没有回去的必要……因为你离开那里的时候艾伦夫人可能已经死了。"

"这不可能——绝对不可能——她当时就站在门里面——她还跟我说话——肯定有人听到她说的话了——还看到了她……"

波洛柔声说道:"有人听到你对她说话的声音了……然后假装等她回话,之后继续往下说……这是个老掉牙的把戏了……很容易让人以为艾伦夫人就站在门里面,只是没有人看到她,甚至没人能回答出她当时穿的是晚礼服还是睡衣——连衣服是什么颜色都没人知道……"

"老天——不是这样的——不是这样的——"

眼下他全身颤抖——即将崩溃……

贾普嫌弃地看了一眼尤斯塔斯，干脆利落地说："先生，我得请你跟我走一趟了。"

"你要逮捕我？"

"拘留审讯——我们是这么说的。"

双方沉默了许久，最终被一声颤抖的长叹打破。刚才还在高声咆哮的尤斯塔斯少校此时发出绝望的声音。

"我完蛋了……"

赫尔克里·波洛搓了搓手，喜上眉梢。他看起来十分满意。

第九章

当日晚些时候，贾普开车载着波洛行驶在布朗普顿路上。

"他就这样彻底崩溃了。"贾普带着职业自豪感说道。

"他知道游戏结束了。"波洛心不在焉地应和。

"我们发现了不少他的丑事，"贾普继续说，"他有两三个化名，做过一笔支票诈骗，还化名巴斯上校在丽兹酒店搞出些风流韵事。皮卡迪利大街上一半的商人都上过他的当。但我们要等到这个案子水落石出，再把这些亮出来一起起诉他。我说老兄，我们干吗这么急着出城？"

"我的朋友，要了结一件事也得做得漂亮，要把所有细节都解释清楚。我现在要去查的，其实是你发现的疑点，所谓'丢失的手提箱疑云'。"

"我说的是'小手提箱疑云'，我记得箱子就在那儿，并没有丢失啊。"

"别急，我的朋友。"

说话间，车子驶入了巷子。十四号大门外，一身高尔夫球运动装束的简·普伦德莱斯正从一辆奥斯丁七代①里走出来。

---

① 奥斯丁七代（Austin Seven）是英国著名汽车品牌奥斯丁的经典车系，上市于一九二二年，在十九世纪二十年代的欧洲非常受欢迎。

她来回看了看这两个男人,接着掏出钥匙,打开了房门。

"进来坐坐吗?"

她率先进了屋,贾普跟着她进了客厅,波洛却又在门廊耽误了几分钟,嘟嘟囔囔地抱怨着:"真烦人——这衣服怎么这么难脱。"

几分钟后,终于把外套脱下来的波洛也走进了客厅,他注意到贾普努了努藏在小胡子下面的嘴巴。贾普肯定听到刚才他打开柜门时发出的轻微响动了。

贾普朝波洛投去探寻的一瞥,后者微微点了点头。

"普伦德莱斯小姐,我们不会耽误你太长时间的。"贾普快活地说道,"我们来就是想要问问你,艾伦夫人的律师叫什么名字。"

"她的律师?"年轻女孩摇了摇头,"我都不知道她还有个律师。"

"她和你一起租下这栋房子时,总得有个人拟合同吧?"

"不,不是这样的,你看,这房子是我租下来的,租约上写的是我的名字。芭芭拉把要付的一半房租给我就可以了。纯属私下交易。"

"原来如此。哦!那我看就没什么要问的了。"

"很抱歉帮不到你们。"简礼貌地说。

"这也不是什么大事。"贾普转身朝门口走,"是去打高尔夫了?"

"是的。"简·普伦德莱斯的脸红了,"我猜在你们看来这么做挺没良心的。但事实上对我来说,把自己关在房子里更让人受不了。我觉得我必须出去,找点事情做——把自己累垮,不然我会窒息的!"

她显得很紧张。

"我能理解,小姐。会这么想很自然——再自然不过了。坐在房子里冥思苦想——不,这滋味一定不好受。"波洛语速飞快。

"能理解就好。"她简简单单地回了一句。

"你有参加俱乐部吗?"

"有,我在温特沃斯①打球。"

"肯定度过了美好的一天。"波洛说。

"唉,树上的树叶都快掉光了!一周前还是郁郁葱葱的呢。"

"但今天天气很好。"

"好吧,普伦德莱斯小姐,"贾普郑重其事地说,"我这边一有确切的消息就会告诉你的。实际上,我们已经扣押了一名犯罪嫌疑人。"

"谁?"

简·普伦德莱斯急切地望着贾普和波洛。

"尤斯塔斯少校。"

简·普伦德莱斯点了点头,转过身,弯下腰,点燃了壁炉。

"怎么样?"车子即将转出巷子的时候,贾普开了腔。

波洛咧嘴笑道:"很顺利。这次钥匙就插在锁里。"

"接着说——"

波洛面带微笑。

"我的朋友,高尔夫球杆都不见了……"

"这很自然。不管她做了什么,那姑娘的智商肯定是正常的。

---

①温特沃斯(Wentworth):伦敦近郊久负盛名的高尔夫俱乐部,位于伦敦西南部昂贵的私人住宅区萨里郡弗吉利亚水域,占地面积三百英亩,拥有三个十八洞的高尔夫球场。

还有什么不见了？"

波洛点了点头。

"没错，我的朋友，那个小手提箱也不见了！"

贾普猛踩了一脚油门。

"该死！"他说，"我就知道那里面有问题。但到底有什么名堂？我当时翻得很彻底啊。"

"可怜的贾普，但你就是没发现。怎么说呢，'很明显，我亲爱的华生'？"

贾普怒气冲冲地看了一眼波洛。

"我们现在要去哪儿？"他问。

波洛看了看表。

"还不到四点。我看我们能在天黑前赶到温特沃斯。"

"你觉得她真的去过那里吗？"

"我想是真的——她去了。她想到了我们会再来找她问话。嗯，是的，我们会发现她去过那里。"

贾普咕哝了一声。

"哦，好吧，我们走。"贾普娴熟地驾驶着车子，在车流中穿行，"可我实在是想不出，那个手提箱会和这件案子有什么关系。我看不出其中有任何关联。"

"你说得很对，我的朋友，我同意。手提箱和这案子没有任何关系。"

"那为什么——不，别说出来！无论是顺序还是方法，所有的一切都是那么完美！哦，今天真是美好的一天。"

车开得很快，四点半刚过贾普和波洛就出现在温特沃斯高尔夫俱乐部了。周末路上都不太堵。

波洛直接找到球童主管，以普伦德莱斯小姐明天要换场地打为由，询问她的球杆在哪里。

球童主管高声下令，一个小男孩便去堆在角落里的球杆中翻找起来。最终拉着一个印有"J.P."字样的球包回来了。

"谢谢你。"波洛说完就拿着东西往外走，中途又折了回去，不经意地问道，"她有没有把一个小手提箱也留在这里？"

"没有，先生。可能是放在会所里了。"

"她今天去过那里吗？"

"哦，去过，我在那儿看见她了。"

"你知道当时陪她的是哪个球童吗？她把一个小手提箱弄丢了，说怎么也想不起来最后放在哪儿了。"

"她没带球童。她先买了几个球，然后只打了几杆。我当时还纳闷，她干吗带一个小箱子呢。"

波洛道谢后就离开了。之后两人围着高尔夫俱乐部散步，走到一处风景秀丽的地方，波洛停下脚步欣赏起美景。

"太美了。墨绿色的松林，还有那一汪湖水。是的，湖水——"

贾普迅速地看了他一眼。

"这就是你的结论吗？"

波洛微笑着说："我想一定有人看到了什么。如果我是你，我会立刻展开问询。"

第十章

1

波洛往后退了几步,歪着脑袋审视着房间里的布局。这儿有一把椅子——那儿有一把椅子。突然,门铃响了,是贾普到了。

这位苏格兰场的警督一脸警觉地走了进来。

"好极了,老兄!我得到了可靠的消息。昨天有人看到一个年轻女子往温特沃斯高尔夫球场的湖里扔了什么东西。根据描述,那个人就是简·普伦德莱斯。我们没费什么事儿就把东西打捞上来了。湖里面的芦苇还真不少。"

"捞上来了什么?"

"就是那个手提箱!但她为什么这么做?哦,这真的难倒我了!箱子是空的,连那几本杂志都不见了。为什么一个看起来神智正常的年轻女子要把一个价值不菲的小箱子扔进湖里。我不明白,我想了整整一个晚上,依旧毫无头绪。"

"我可怜的贾普!你不用再苦恼下去了。门铃响了,是答案来了。"

波洛那位无可挑剔的男仆乔治推开门,说道:"普伦德莱斯小姐到了。"

简·普伦德莱斯带着她惯有的自信走进了房间,并问候了波洛和贾普。

"我请你来是——"波洛开了腔,"请坐,坐在那儿,贾普你坐在这儿——因为我有些事情要跟你说。"

年轻女孩坐了下来,来回看了看两个男人,然后一把摘下帽子,不耐烦地放到一边。

"哦,尤斯塔斯少校被捕了。"

"我猜你是在今天的晨报上看到的吧?"

"是的。"

"他目前是因为一件小事被捕的。"波洛继续说,"同时,我们仍在马不停蹄地搜集与艾伦夫人案有关的证据。"

"确定是谋杀了?"简·普伦德莱斯迫不及待地问。

波洛点了点头。

"是的,是谋杀。一个人蓄意要毁了另一个人。"

女孩微微颤抖。

"别这么说。"她小声说,"你不觉得很恐怖吗?"

"是的。但事实就是这么恐怖!"

波洛顿了顿,然后继续说道:"普伦德莱斯小姐,现在就让我来告诉你,我是怎么发现事情的真相的。"

简·普伦德莱斯看了看波洛,又转而去看贾普,后者脸上挂着微笑。

"普伦德莱斯小姐,他很有一套。"贾普说,"他说了算,这你是知道的。我们就来听听他要说什么吧。"

波洛开了口。

"如你所知,小姐,我和我朋友是十一月六日上午赶到案发现场的。我们一起去了艾伦夫人的尸体被发现的那个房间,现场的好几处细节一下子就引起了我的注意。你看，那间屋子里的某些东西实在是太反常了。"

"嗯。"女孩应道。

"首先，"波洛继续说，"是房间里的烟味。"

"这你恐怕有点夸张，"贾普插嘴道，"我什么都没闻到。"

波洛迅速转过头。

"一点不错。你没有闻到任何烟味。我也没有。但正因如此，才非常、非常反常。房间里的门和窗都关得严严实实，烟灰缸里有不下十根烟蒂。可这样的房间里竟然——要我说，屋里空气清新。这真是非常、非常反常。"

"原来你指的是这个！"贾普叹了口气，"你想事情的方式总是这么迂回。"

"歇洛克·福尔摩斯也是这么干的。记得吗？他去注意狗在晚间的奇怪举动——最终的结论是狗没有任何奇怪的举动。那条狗整晚什么都没做。另一个引起我注意的细节是，死者手腕上的那块表。"

"这又有什么问题？"

"手表本身没有问题，只是它戴在右手手腕上。人们通常把手表戴在左手手腕上。"

贾普耸了耸肩，刚要说话却被波洛抢先了。

"我知道，这并不是绝对，有些人的确更喜欢把手表戴在右手手腕上。接下来，朋友们，我要说到真正有意思的地方了——写字台。"

"是的，我猜到了。"贾普说。

"这才是真的反常——非常引人注意！原因有两个。第一，写字台上缺了东西。"

简·普伦德莱斯立刻发问:"缺了什么?"

波洛转过头看着她。

"一张吸墨纸,小姐。写字台上放着一沓吸墨纸,而最上面那张干干净净,没有一点痕迹。"

简耸了耸肩。

"说真的,波洛先生,大家都会把用得太久的那张撕掉吧。"

"没错,但是撕下来之后会怎么处理呢?当然是随手扔进废纸篓里了。可我却并没有在旁边的废纸篓里找到那张吸墨纸。"

简·普伦德莱斯显得有些不耐烦。

"那可能是前一天撕掉的,废纸篓也被倒干净了。吸墨纸上没有痕迹,说明芭芭拉当天没有写过任何东西。"

"小姐,这恐怕很难说得通。有人看见艾伦夫人在事发当晚去过邮局,所以她当天一定写过信。她肯定不是在楼下写的信,因为那里没有书写工具,她更不可能去你的房间写信。那么,她写完信用来吸墨的那张吸墨纸去哪儿了呢?当然,人们有时候会把纸直接扔进壁炉里烧掉,但那个房间是用煤气取暖的。而楼下的壁炉那时并没有点燃,因为你告诉过我们,你回来的时候里面的炭是刚添好的,但还没点。"

波洛顿了顿。

"这真是一件奇怪的小事。我翻了好多地方,废纸篓、垃圾桶,但就是找不到有吸墨痕迹的吸墨纸——而在我看来,这张纸至关重要。看起来是有人特意把那张纸拿走了。为什么?因为如果有人拿着那张纸对着镜子看,就能轻而易举地知道信上面的内容了。

"除此之外,那张写字台上还有另一处疑点。贾普,你应该还大概记得上面的东西是怎么摆放的吧?吸墨纸和墨水台在中间,左边放着笔盘,右边放着日历和一支羽毛笔。对吗?你还没明白吗?那支羽毛笔,你记得吧,我仔细检查过,发现那不过是个摆设,从来没被使用过。啊!你还没明白?那我再说一遍。墨水台在中间,笔盘在左边——是左边,贾普。一般来说笔盘不是都放在右边的吗,因为右手拿起来更方便?

"啊,你现在想明白了,是吗?笔盘放在左边,手表戴在右手手腕上,吸墨纸被拿走了,房间里又多了些别的东西——就是那个装了好多烟蒂的烟灰缸!

"贾普,那个房间里没有任何异味,说明房间的窗户之前一定是开着的,不可能整晚都关着……这些,让我想到了一幅画面。"

他转过身,面对简。

"就是你,小姐。你打车到家,付了车钱,跑上楼,喊着'芭芭拉'——你推开门,却看到你的朋友躺在地上,手里握着手枪,已经死了——枪在她的左手,当然了,因为你朋友是个左撇子,这也就是为什么子弹是从她的头部左侧射入的。房间里还有一张她写给你的字条,上面写明了她自杀的原因。我猜想,那封信一定非常动人……一个年轻、温和,却闷闷不乐的女人,因为遭到敲诈而最终选择了自杀……

"我认为,那一瞬间,你就萌生了那个想法。你知道是那个男人,你想让他受到惩罚——彻底而充分的惩罚!于是,你把枪拿了起来,擦拭掉指纹后放进了她的右手。你收起字条,又撕掉了最上面那张留有字条内容痕迹的吸墨纸。接着你就到楼下点燃壁炉,把这些纸片全部烧成灰烬。你又把烟灰缸拿进了芭芭拉的房间,制造一种曾有两个人在这个房间里谈话的假象。你还把在客厅地板上找到的一块袖扣碎片拿上了楼。找到这个碎片真是你的幸运,你想用它让证据看上去更加确凿。然后你锁好了窗户和门。没人会怀疑你在这个房间里做过手脚。警察会就看到的现场展开调查——于是,你没有先向巷子里的人寻求帮助,而是直接报了警。

"事情发展得很顺利。你一直扮演着替天行道的冷酷角色。一开始你什么都不肯说,却十分巧妙地表露出你对自杀的怀疑。然后你又慢慢地引导我们怀疑尤斯塔斯少校……

"是的,小姐,你这招真够高明的——事实上,这就是一起精明的谋杀案。谋杀对象就是尤斯塔斯少校。"

简·普伦德莱斯站了起来。

"这不是谋杀——是替天行道。可怜的芭芭拉是被那个男人逼死的!她是一个好姑娘,却那么无助。你知道吗,这个可怜的孩子,第一次出国就在印度和一个男人搞在了一起。那时她只有十七岁,而那个男人不但离过婚,还比她大好几岁。她怀孕了。她本可以回家的,但她不愿意。她跑到不知道什么地方去,回来后开始以'艾伦夫人'自称。她的那个孩子夭折了,于是她回到了伦敦,爱上了查尔斯,一个华而不实、骄傲自大的草包。芭芭拉崇敬他,而他也心满意足地接受她的崇敬。如果查尔斯不是这样一个男人,我就会劝说芭芭拉告诉他实情。可他是,所以我让芭芭拉闭紧嘴巴。毕竟,除了我,没人知道芭芭拉那段往事。

"这时候,尤斯塔斯那个恶棍出现了!接下来的事你都知道了。他一步一步地把她榨干,但在最后那一晚,芭芭拉才意识到这也会威胁到查尔斯,丑闻的威胁。他们俩一旦结婚,尤斯塔斯会更加为所欲为——去威胁一个唯恐丑闻上身的有钱人!那晚,尤斯塔斯拿着钱离开后,芭芭拉就一直在思考这件事。然后她站起来给我写了一封信,她在信里说她非常爱查尔斯,不能没有他，但是为了查尔斯，她又绝对不能嫁给他。所以她决定以最好的方式结束这件事。"

简猛地仰了仰头。

"你想过我为什么要这么做吗？居然站在那里说这是谋杀！"

"因为这就是谋杀。"波洛的语气十分严厉，"有时候谋杀看起来像是替天行道，但归根到底还是谋杀。你是个头脑清醒的人——正视真相吧，小姐！你的朋友死了，是她自己选择的，因为她失去了活下去的勇气。我们当然会同情她、替她感到惋惜。但事实是改变不了的——开枪的是她自己，不是别人。"

波洛顿了顿。

"你是怎么想的呢？那个男人现在就在监狱里，因为其他的罪行他需要服刑很长一段时间。你真的想亲手毁掉一个人的人生吗？"

简·普伦德莱斯盯着波洛，双眼慢慢黯淡。她突然咕哝道："不想。你说得没错，我不想。"

说完，她倏地一转身，像阵风一样离开了房间。接着传来大门撞开的声音……

2

贾普吹了好长一段口哨。

"好吧，我确实差劲！"他说。

波洛坐在一旁，温柔地看着他。两人默默无言了很长一段时间，最终贾普先开口道："不是伪装成自杀的谋杀，而是把自杀现场弄成像是谋杀的样子！"

"没错，而且伪装得很到位。没有做得太过分。"

贾普突然问："可那个手提箱又是怎么一回事？它究竟起了什么作用？"

"我的朋友，我亲爱的朋友，我告诉过你那个手提箱没有用。"

"那为什么——"

"是高尔夫球杆。贾普，是那些高尔夫球杆。柜子里的高尔夫球杆都是给左撇子用的。简·普伦德莱斯的球杆都寄存在温特沃斯球场，柜子里那些都是芭芭拉·艾伦的。所以我们当时打开柜子查看的时候那个姑娘会突然紧张，因为她所有的努力很可能会因此付诸东流。不过她反应很快，马上就意识到自己露了马脚。她看到的和我们看到的一模一样。于是她采取了当下能想出的最好的办法——试图吸引我们去注意错误的东西。她看到我们注意到那个手提箱，于是故意说：'那是我的——是我今天早上才带回来的。里面不可能有你们要找的东西。'期待我们能注意这条假线索。同理，第二天她出门去处理那些高尔夫球杆的时候继续拿着手提箱，作为——你们怎么说的来着，熏鲱鱼？"

"红鲱鱼[①]。你是说她真正在意的物品其实是……"

"你想一想，我的朋友。要处理掉一袋高尔夫球杆，最好的地方是哪里呢？不可能烧掉或直接扔进垃圾桶。随便丢掉很可能会被送还回来。于是，普伦德莱斯小姐把它带去了高尔夫球场。她把那些球杆留在会所，又从自己的球包里取出几根球杆，没有带球童，自己出去转了。可以想象，她一路上不时把球杆折断，然后随手扔进周边的灌木丛里，最后把那个包也扔掉了。要知道，折断的球杆在高尔夫球场上并不稀奇，常见人一时激动把球

[①] 红鲱鱼（Red Herring）：术语，指转移焦点、扰乱视线的错误线索，多用在公关、政治及侦探小说中。

杆折断！这就是一项会让人恼羞成怒的游戏啊！

"但即便如此,她还是不放心,于是又把那个重要的小手提箱扔进了湖里——以一种非常夸张的方式——而这,我的朋友,就是'手提箱疑云'的真相了。"

贾普望着波洛,一句话也没说。过了一会儿,他站起身,拍了拍波洛的肩膀,爆发出大笑。

"对一只老狗来说,你真是棒极了！真让我说对了,这种蛋糕正合你胃口！一起吃个午饭怎么样？"

"我很乐意,我的朋友,不过我可不想吃蛋糕。我想吃蘑菇煎蛋卷,白汁烩小牛肉,法式青豌豆……甜品就选杏仁酱朗姆蛋糕吧。"

"没问题,走吧。"贾普说。

不可思议的窃贼

第一章

男管家绕着桌子为大家分发蛋奶酥的时候,梅菲尔德勋爵小心地往坐在右侧的茱莉亚·卡林顿夫人身旁靠了靠。为了对得起大家口中的"最佳主人"这个称号,梅菲尔德勋爵不辞辛苦。单身的他身边也少不了女性们的追捧。

茱莉亚·卡林顿夫人四十岁,身材高挑、肤色黝黑,看上去活力四射。她非常纤瘦,很美丽。四肢尤其纤细、精致。但她的举止有些冒失、唐突,表明她一直处于精神紧张的状态。

圆桌对面坐着她的丈夫,空军中将乔治·卡林顿爵士。他起先以一名海军身份加入军队,身上依旧保留着来自海洋的爽朗。此时,他正和范德林太太有说有笑,美丽的范德林太太坐在梅菲尔德勋爵左边。

范德林太太是一个不折不扣的金发美人。说话时带一点美国口音,但不夸张,恰好控制在让人觉得好玩的程度。

乔治·卡林顿爵士的另一边,坐着麦卡塔太太。麦卡塔太太是一名主管住房以及婴儿福利事务的国会议员,不过她不太会好好说话,总是喊叫出一些短句,还带有警告的口吻。也许正因如此,乔治才总是找坐在右边的范德林太太说话。

麦卡塔太太这个人说起话来就没完没了,此时她正嚷嚷着,跟她左边的小雷吉·卡林顿大谈特谈她的工作。

雷吉·卡林顿二十一岁,对住房、婴儿福利毫无兴趣,事实上他对政治话题都没兴趣。他时不时地应和一句"真吓人",或是"我完全同意",但显然,心思早已飘到别处了。卡莱尔先生坐在小雷吉和他妈妈之间,他是梅菲尔德勋爵的私人秘书。卡莱尔先生岁数不大,苍白的脸上挂着一副夹鼻眼镜,给人聪明的感觉。他虽然不怎么说话,却时刻准备好加入各种谈话。发现雷吉·卡林顿开始不住地打呵欠时,他便身子前倾,训练有素地问了麦卡塔太太一个与她提出的"儿童健康系统"有关的问题。

屋内光线柔和,男管家正带着两名男仆绕着圆桌为每一位客人上菜斟酒。梅菲尔德勋爵家里的厨师是花大价钱请来的,而他自己是位出名的品酒行家。

尽管众人围坐在圆桌边,没有主座客座之分,但不会有人认错主人的。梅菲尔德勋爵一看就是全桌的中心,他身材魁梧,肩膀宽阔,有一头浓密的银发,鼻子高挺,下巴略微上翘。这张脸很像讽刺漫画里的人物。还只是查尔斯·麦克劳克林爵士时,梅菲尔德勋爵就一面涉足政治领域,一面管理一家大型工程公司。他原本就是一名出色的工程师,一年前受封爵位后,创建了一个新的部门——军备部。

甜品端上来了,波特酒又加满了一轮。茱莉亚夫人捕捉到范德林太太的眼色后,站起身,接着,三名女性离开了饭厅。

波特酒又加满了一轮,梅菲尔德勋爵显得有些醉了。没什么实质内容的闲聊又持续了大约五分钟后,乔治爵士说:"雷吉,如果你更想去看看客厅那边在做什么,梅菲尔德勋爵是不会介意的。"

男孩一下子就明白了父亲的意思。

"谢谢您，梅菲尔德勋爵。"

卡莱尔先生咕哝着："梅菲尔德勋爵，要是您不介意的话，我还要去准备备忘录和其他一些工作。"

梅菲尔德勋爵点了点头，两个小伙子便离开了房间。仆人们之前就都离开了，屋内只剩下军备部部长和空军上将两个人。

几分钟后，乔治·卡林顿说："那么……说定了？"

"绝对的！欧洲的其他国家都没有这种新型轰炸机。"

"远远超过其他国家，对吧？我是这么想的。"

"空中霸权。"梅菲尔德勋爵说得毫不含糊。

乔治爵士深深地叹了口气。

"时间！查尔斯，现在时局有多么动荡你是知道的，整个欧洲上空都弥漫着浓浓的火药味。可恶的是咱们还没准备好！我们成功的机会很小。而且，不管我们多么抓紧建造，也还只是从头开始。"

梅菲尔德勋爵低声说："没关系，乔治，晚一些开始也有晚一些开始的好处。现如今欧洲的好多东西都过时了，倒闭是迟早的事儿。"

"我可不认为所有的东西都会这样，"乔治沮丧地说，"类似政府垮台、国家要完蛋这样的话大家可听得多了！但现在还不都是一切照旧。对我来说，金融就是个让人琢磨不透的东西。"

梅菲尔德勋爵眨了眨眼。乔治·卡林顿爵士是个因循守旧的"老水手"，勇敢、率真，此时二人表现出的姿态很像人们常说的"故意摆出来的"。

卡林顿爵士突然用一种过于不把自己当客人的口吻换了个话题。

"范德林太太真有魅力——你觉得呢？"

梅菲尔德勋爵接过话头，双眼流露出感兴趣的神色。

"你是不是很好奇她为什么会出现在这里？"

卡林顿爵士有些迷茫。

"没有——完全没有。"

"哦，你有的！乔治，别再装了，你这老东西。你非常好奇，还有一点点沮丧，你想知道我是不是她的新目标！"

卡林顿爵士慢悠悠地说："我承认，看到她时我是感觉有那么一丁点奇怪——尤其是在这个周末。"

梅菲尔德勋爵点了点头。

"哪里有腐尸，哪里就有秃鹰盘踞。我们已经有了一具腐尸，那范德林太太大概就是第一个冲过来的秃鹰。"

空军上将突然问道："你对范德林这个女人了解多少？"

梅菲尔德勋爵剪开一支雪茄，把烟均匀地点好，往后甩了甩头，一字一句地吐出了深思熟虑后的话。

"我对范德林太太了解多少？我知道她是个美国人，有过三个丈夫，分别是意大利人、德国人和俄国人。通过这三个男人，她在这三个国家都积累了一些有用的'人脉'。我知道她总会买极为昂贵的衣服、日子过得相当奢华，但不确定她是从哪里搞到这么多钱来挥霍的。"

乔治·卡林顿爵士咧开嘴笑了，然后低声嘟囔道："看来你的密探一直都没闲着啊，查尔斯。"

"我还知道，"梅菲尔德勋爵继续道，"范德林太太除了样貌性感迷人以外，还很懂得倾听，能表现出一种真诚的兴趣，也就是所谓的'演技高超'。男人为了引起她的兴趣，会愿意把自己的职业和感情都和盘托出！各式各样的年轻官员在她面前控制不住自己的热情，以致毁了职业生涯。他们跟范德林太太聊得有点过头了。这个女人的朋友几乎都在军队里就职——去年冬天她还在我们最大的军火公司附近的郡里物色目标呢，还真认识了不少朋友，虽然有些不太正经。总而言之，范德林太太这个人非常有用……"梅菲尔德勋爵吐了个烟圈，"我们最好还是不要说出是对谁有用！就说是对一股欧洲势力吧——或许不止一股。"

卡林顿深吸了一口气。

"查尔斯，你这么说还真是让我放松了不少。"

"你是不是以为我差点儿上了她的钩？我亲爱的乔治！在我这样一个老谋深算的人面前，范德林太太的伎俩有点太容易被看穿了。而且，正如人们所说，她现在的风韵已不如当年。你手下的小少校是注意不到这一点的，但我已经五十六岁了，老兄。再过四年，我恐怕会变成一个时常在社交场合诱惑忧郁少女的糟老头儿了。"

"恕我愚钝，"卡林顿抱歉地说，"但这看起来真的有些奇怪……"

"你觉得奇怪，是不是因为你觉得她不应该出现在今天这样一个算是比较私密的家庭聚会上？尤其是你跟我还打算就一项可能会给空军防御带来一次革命的新发现召开一次非正式会议。"

乔治·卡林顿爵士点了点头。

梅菲尔德勋爵微笑着说道："这正是我要的效果。我在放诱饵。"

"诱饵？"

"这么说吧，乔治，用电影里的话来说就是，我们没在这个女人身上投入什么，但又想得到些东西！这个女人过去得手过很多次，有些还很侥幸。不过她做事向来谨慎——谨慎到令人发指。我们知道她在搞什么，但找不出确凿的证据。所以，我们得用一些大的东西来引诱她。"

"这件大的东西具体指的就是新型轰炸机?"

"完全正确。这个诱饵必须要足够大,能让她愿意冒险走到明处来。到那时,她就可以为我们所用了!"

乔治爵士咕哝了一声。

"哦,好吧。我敢肯定你说的都是对的。但是万一她不想冒这个险呢?"

"那真是可惜了。"梅菲尔德勋爵又补充了一句,"但我觉得她会愿意的……"

他站起身来。

"我们要不要也到客厅去?毕竟,不能阻碍你太太打桥牌嘛。"

乔治爵士喃喃道:"茱莉亚看到桥牌就走不动路。已经输进去很多钱了。我跟她说过,她再玩这么大会完蛋的。可她偏偏是个天生的赌徒。"他说着绕到桌边,对梅菲尔德勋爵说,"希望你的计划能成功,查尔斯。"

第二章

客厅里的谈话进行得不怎么顺利。范德林太太一旦身处同性之中,就会变得十分被动。她那能激发共鸣的迷人气质似乎只受男性追捧,不知为何在女性中就不太受欢迎了。茱莉亚·卡林顿喜怒无常,此情此景下她厌烦范德林太太,又觉得麦卡塔太太很无趣,并且毫不掩饰地表露出她的嫌弃。三人干巴巴地聊着,就快完全聊不下去了。

麦卡塔太太是个目的性很强的人,范德林太太从一开始就被她归为无用的寄生虫而直接忽略了。相反,她试图尽可能用一场由她筹备的慈善活动吸引茱莉亚夫人。茱莉亚夫人嘴上敷衍了事地应付几句,实际上早就沉浸在自己的世界——查尔斯和乔治怎么还不来?真无聊啊。她想得越多,越是焦虑,应付得也就越敷衍。

查尔斯和乔治走进客厅时,三个女人正坐在那里,一言不发。

梅菲尔德勋爵暗地里思忖,今天晚上茱莉亚的状态可不怎么好,看起来心烦意乱的。

于是他大声说道:"要不要来一局盘式①的?"

茱莉亚夫人立刻双眼发亮,桥牌就是她的命。

正巧,雷吉·卡林顿走了进来,四个人齐了。茱莉亚夫人、范德林太太、乔治爵士和年轻的雷吉坐到了牌桌前。梅菲尔德勋爵则自告奋勇地承担起和麦卡塔太太做伴这一任务。

两轮结束后,乔治爵士故作夸张地看了一眼放在壁炉台上的钟。

"似乎没时间再来一局了。"他说道。

他的妻子面露愠色。

"还有一刻钟才到十一点呢。来局快的。"

"亲爱的,一旦玩起来就控制不住了。"乔治好言相劝,"再说了,我和查尔斯还得谈些工作呢。"

范德林太太小声道:"听起来像是很重要的事情呢!我猜你们这些身处高位的聪明男人怕是很难真正放松下来吧。"

"至少没有双休日。"乔治爵士回应道。

范德林太太继续小声说道:"作为一个不拘小节的美国人,我感到有些惭愧。不过,能和你们这些可以掌控一个国家命运的人同桌,我非常激动。乔治爵士,你会不会觉得我很粗鲁?"

"我亲爱的范德林太太,我永远都不会觉得你'粗鲁'或是'不拘小节'。"

乔治望着对方的眼睛笑着说。尽管如此,范德林太太还是听出了一丝讽刺,于是她马上转向雷吉,冲他甜甜地笑着。

"真可惜我们不能继续组队了,你刚才的那个四阶无将叫得真是聪明。"

---

① 也称"盘局桥牌",是以两人为一组搭档而进行的牌戏。十九世纪二十年代末在伦敦、纽约等上层桥牌俱乐部广为流行。

雷吉红了脸，开心地喃喃道："不过是侥幸而已。"

"哦，不，你那是通过智慧推演出的。你算出了牌，所以叫得准。在我看来，这就是聪明。"

茱莉亚夫人猛地站了起来，心里厌恶地想：多么巧言令色的女人啊。

转眼看到儿子，她的目光又一下子变得温柔起来。看这可怜的小伙子多么开心啊，他全信了，太单纯了，也难怪他经常惹祸上身，因为他太轻信别人了。说到底这都是因为他的本性太纯良。乔治一点都不懂他。男人在做判断的时候总是不能设身处地地为别人着想，他们甚至忘记了自己也曾年轻过。乔治对雷吉太严厉了。

麦卡塔太太也站了起来，并和大家道晚安。

等到三个女人都离开客厅后，梅菲尔德勋爵先给乔治爵士倒了一杯酒，接着给自己也倒了一杯，然后抬眼看到卡莱尔先生站在门口。

"卡莱尔，请把所有文件之类的东西都拿出来，包括计划书和复印件。我和空军中将马上就过去。乔治，我们先出去转一圈吧，怎么样？已经不下雨了。"

卡莱尔先生转身离开，差点儿和范德林太太撞了个满怀。他嘟嘟囔囔地道了歉之后就走了。

范德林太太径直走进屋，道："我的书找不到了，晚餐前我还在读呢。"

雷吉举起一本书，走上前去。

"是这本吗？放在沙发上的。"

"哦，是的。真是太谢谢你了。"

范德林太太笑意盈盈地又和大家道了一次晚安，离开了客厅。

乔治爵士打开了一扇落地窗。

"夜色真美。"他说道,"是应该听你的出去走走。"

雷吉说道:"先生,晚安。我已经快要睡着了。"

"晚安,孩子。"梅菲尔德勋爵回应道。

雷吉拿上那本傍晚时刚开始读的侦探小说,离开了房间。

梅菲尔德勋爵和乔治爵士走上了窗外的露台。

乔治爵士深深地吸了口气。

"唔,那个女人喷太多香水了。"他说道。

梅菲尔德勋爵大笑。

"至少她用的不是廉价牌子。可能是能买到的最贵的牌子之一。"

乔治爵士做了个鬼脸。

"那真是谢天谢地。"

"你确实该这么想。我认为,一个浑身散发着廉价香水味的女人绝对是这世上最令人厌恶的生物。"

乔治爵士抬头望了望天。

"多么干净的夜空啊。晚餐的时候我听到外面下雨的声音了。"

两个人沿着露台缓步前行。这露台和房子一样长,露台下方,地势缓缓下降,因此在这里能将气势恢宏的萨塞克斯郡旷野尽收眼底。

乔治爵士点燃了一根雪茄,打开了话匣子。

"说说金属合金的事情吧——"

之后两人聊起技术问题。到第五次走到露台边缘的时候,梅菲尔德勋爵叹了口气,说道:"哦,好吧,我想我们最好赶紧开始。"

"是的，要做的工作可多着呢。"

两个人转过身，这时，梅菲尔德勋爵突然惊叫一声。

"喂！你看到了吗？"

"看到什么？"乔治爵士问。

"我刚看到有人从我书房的窗户溜上了露台，然后又溜走了。"

"胡说八道，老兄。我什么都没看到。"

"可是我看到了——难道是我看错了？"

"肯定是你眼花了。我刚才一直盯着露台下面，没看到任何异常。真的没有任何人——尽管我要伸长手臂才能看清报纸。"

梅菲尔德勋爵边笑边说："乔治，我现在就可以演示给你看，我读报纸时根本不需要戴眼镜。"

"但你常常认不出屋子另一头的人是谁。还是说你戴眼镜只是为了显得威严？"

说笑中，两人走进了梅菲尔德勋爵的书房，落地窗大敞着。

卡莱尔先生正在保险箱旁埋头整理文件，两人走进房间的时候他抬头看了一眼。

"啊，卡莱尔，东西都准备好了吗？"

"准备好了，梅菲尔德勋爵，都放在您的写字台上了。"

桃花心木的大写字台摆在房间的靠窗角落。梅菲尔德勋爵走到写字台前，在一堆文件中翻找。

"多么迷人的夜晚。"乔治爵士说。

"确实，"卡莱尔先生赞同道，"雨后的夜晚格外清新。"

卡莱尔先生放下手里的文件，问道："梅菲尔德勋爵，您还需要我做什么吗？"

"不，没事了，卡莱尔，一会儿我自己来收拾。我们可能会搞到很晚，你先去睡吧。"

"谢谢您，梅菲尔德勋爵，祝您晚安。晚安，乔治爵士。"

"晚安，卡莱尔。"

秘书正要出门时，梅菲尔德勋爵突然叫住了他。

"等一下，卡莱尔，最重要的东西你忘记拿出来了。"

"不好意思，我没听清您说什么，梅菲尔德勋爵。"

"我说的是轰炸机的图纸，老兄。"

秘书双目圆睁。

"就放在最上面，先生。"

"没有啊。"

"可我明明就放在那里了。"

"你自己过来找找看，老兄。"

年轻人一头雾水地走到桌边，站在梅菲尔德勋爵身旁。文件堆已被翻得乱七八糟，卡莱尔埋头寻找，脸上的神情愈发凝重。

"你看，没有。"

秘书结结巴巴地说："但——但这不可能啊。也就三分钟前，我才把文件放在这里的。"

梅菲尔德勋爵不急不恼地说："一定是你搞错了，文件应该还在保险箱里。"

"不可能——我明明把文件放在这里了！"

梅菲尔德勋爵冲到打开的保险箱前，乔治爵士紧随其后。不出几分钟，他们便发现那份轰炸机的图纸不见了。

难以置信的三个男人又茫然地回到写字台前，在那堆文件中再次翻找起来。

"我的老天！"梅菲尔德勋爵说，"不见了！"

"这怎么可能！"卡莱尔惊呼。

"都有谁进过这个房间?"梅菲尔德勋爵厉声问道。

"没有人,一个人都没有。"

"卡莱尔,听着,图纸不可能就这么消失在空气中了,一定是被人拿走了。范德林太太来过这里吗?"

"范德林太太?哦,她没来过,先生。"

"我可以做证。"乔治爵士使劲儿嗅了嗅,说道,"要是她来过这里,你肯定能闻到她身上的香水味。"

"刚才确实没有人来过这里。"卡莱尔强调道,"我真的搞不懂了。"

"听着,卡莱尔,"梅菲尔德勋爵说,"你先别慌。这件事我们一定要彻查到底。你确定图纸之前在保险箱里吗?"

"当然。"

"你亲眼看到那份图纸了吗?还是只是觉得肯定和其他文件放在一起了?"

"不不,梅菲尔德勋爵,我看到图纸了。我把图纸放到了文件的最上面。"

"而在那之后,你说没有人进过这个房间。那你有没有离开过?"

"没有——至少——哦,离开过。"

"啊!"乔治爵士发出惊呼,"找到问题了!"

梅菲尔德勋爵语气尖锐地说:"这究竟是怎么一回事——"不过马上被卡莱尔打断了。

秘书说道:"梅菲尔德勋爵,正常情况下,房间里如果放着什么重要的文件,那我当然是不应该擅自离开的。但我当时听到了一个女人的尖叫声——"

"女人的尖叫?"梅菲尔德勋爵脱口而出。

"是的,梅菲尔德勋爵,我无法形容那声音有多吓人。那时我正把文件往写字台上摆,听到后自然就跑去了走廊。"

"是谁在叫?"

"范德林太太的法国女仆。她站在楼梯上,一脸惨白,不住地打着哆嗦。她说她看见鬼了。"

"看见鬼了?"

"是的,一个高个子女人,一身白衣,来去无声地飘荡在空中。"

"真够荒唐的!"

"是的,梅菲尔德勋爵,我当时也是这么对她说的。她当时尴尬得恨不得找个地缝钻进去。后来她就上楼了,我也回到了这里。"

"这是多久以前发生的事情?"

"就在您和乔治爵士进屋前一两分钟。"

"那你离开了多久?"

卡莱尔思考着。

"两分钟——最多三分钟。"

"够久了。"梅菲尔德勋爵不满地呻吟了一声,之后他突然抓起了乔治爵士的胳膊,"乔治,我看到的那个人影——就是从这扇窗子溜出去的。肯定是这样!卡莱尔一离开房间,他就钻了进来,拿了图纸,逃之夭夭了。"

"真卑鄙。"乔治爵士说。接着,他抓住梅菲尔德勋爵的胳膊,说道:"听我说,查尔斯,都是生意惹的祸。接下来我们可怎么办?"

第三章

"无论如何,我们得试一试,查尔斯。"

半小时后,两人还在梅菲尔德勋爵的书房里,乔治爵士正费劲地劝说朋友采取一些行动。

梅菲尔德勋爵一开始坚决反对,后来渐渐地有些动摇。

"别固执得像头猪,查尔斯。"乔治爵士乘胜追击。

梅菲尔德勋爵慢悠悠地说:"为什么要把一个令人生厌的外国佬拉进来?我们对他一无所知。"

"我知道关于他的很多事情啊。他是个天才。"

"哼。"

"听我说,查尔斯。这是个机会!判断力是做成这笔生意的关键,一旦消息泄露——"

"现在是你要泄密!"

"不是这样的。我要说的这个人,赫尔克里·波洛——"

"我猜你是不是要说,这个人一来就可以像魔术师从帽子里变出兔子那样把图纸变出来?"

"他会找出真相。我们要的就是真相。听我说,查尔斯,我会为一切负责的。"

梅菲尔德勋爵不紧不慢地说:"哦,好了,随你怎么说,反正我不认为这家伙能起什么作用……"

乔治爵士拿起电话听筒。

"我现在就给他打电话。"

"他应该在睡觉。"

"他可以起来。可恶,查尔斯,你不能让那个女人就这样把图纸带走!"

"你是在说范德林太太吗?"

"是的。你也认定是她干的,对吗?"

"嗯,我相信。我反倒被她将了一军。乔治,虽然不情愿,但我不得不承认我们确实不是这个女人的对手。事与愿违,但这已经是事实了。我们拿不出任何能指控她的证据,但我们都很清楚她肯定是主谋。"

"女人都是魔鬼。"卡林顿语气激动。

"从表面上看这件事跟她一点关系都没有,真该死!当然,我们完全有理由相信那个站在楼梯上大叫的女仆是她一手安排的,而且她还有一个潜伏在外面的同伙。但可恶的是,我们没法证明这一切。"

"赫尔克里·波洛说不定可以。"

梅菲尔德勋爵突然发出大笑。

"我的天哪,乔治,你这个英国佬居然会信任一个法国人,不管他会有多聪明。"

"他不是法国人,他是比利时人。"乔治爵士略显不好意思地纠正道。

"好吧,那你就叫那个比利时人来吧,试试看他有什么能耐。我敢打赌,我们办不到的他也一样办不到。"

乔治爵士没有说话,再一次拿起了电话听筒。

第四章

眼睛里泛着光芒的赫尔克里·波洛左右看了看眼前的两个男人，之后完美地压抑住了一个哈欠。

就在刚才，凌晨两点半，他被电话从睡梦中叫醒，坐上一辆劳斯莱斯披星戴月赶到这里。现在他刚刚听完两个男人的叙述。

"事情就是这样，波洛先生。"梅菲尔德勋爵说道。

他往后靠在椅背上，慢慢地调整了一下单片眼镜的位置，用一只精明的淡蓝色眼睛意味深长地盯着波洛，眼神中充满猜疑。波洛迅速地扫了一眼乔治·卡林顿爵士。爵士身子前倾，脸上带着小孩子一般的希冀。

波洛缓缓开口道："是的，情况我都知道了。先是女仆发出尖叫，然后秘书从书房跑出来，接着不知道什么人进了书房，图纸就放在写字台的最上面，于是那个人把图纸拿走，跑了。事实就是——这一切都来得太方便了。"

应该是听出了波洛说最后一句话时所用到的特殊语气，梅菲尔德勋爵微微坐直了一些，他的单片眼镜掉了下来，好像是要提醒他注意什么。

"波洛先生，您说什么？"

"梅菲尔德勋爵，我刚才说，这件事里的每一个环节都来得太方便了——对于那个偷东西的贼来说。顺便问一下,您确定您看到的是个男人吗?"

梅菲尔德勋爵摇了摇头。

"这我说不好。那只是一个——人影。其实我都在怀疑自己到底有没有真的看到过。"

"乔治爵士,您呢?"波洛把目光移向空军中将,"您能说清那到底是男是女吗?"

"我什么都没看见。"

波洛若有所思地点了点头,然后突然快步走到写字台旁。

"我可以保证图纸不在那里,"梅菲尔德勋爵说,"我们三个都把这堆文件翻过好多遍了。"

"我们三个?也就是包括您的秘书?"

"是的,卡莱尔。"

波洛突然转过身。

"梅菲尔德勋爵,告诉我,您第一次走到写字台前时,摆在最上面的是哪一份文件?"

梅菲尔德勋爵皱起眉头,努力回想着。

"让我想想——对,是一份有关我们防空阵地方位图的简易备忘。"

波洛灵巧地拿起一份文件,递给对方,问道:"是这份吗,梅菲尔德勋爵?"

梅菲尔德勋爵接过文件扫了一眼。

"是的,就是这份。"

波洛又把文件拿给了一旁的乔治·卡林顿。

"您注意到这份文件了吗?"

乔治爵士接过文件,伸长手臂离远了看了看,然后戴上了夹鼻眼镜。

"是的，没错，卡莱尔和梅菲尔德翻文件的时候我也在场，这份是在最上面。"

波洛若有所思地点了点头，把文件放回到写字台上。一旁的梅菲尔德十分不解地看着他。

"要是没有其他问题——"梅菲尔德勋爵说。

"当然有问题。卡莱尔，卡莱尔就是问题！"

梅菲尔德勋爵的脸色开始泛红。

"波洛先生，这事儿和卡莱尔没关系！他做了我九年的机要秘书。我得特别说明一下，我所有的私人文件他都可以拿到，他可以轻而易举地复制一份图纸，并搞到上面所有的细节说明，完全不用这么麻烦。"

"谢谢您的提醒，"波洛说，"要是他真这么做了，就不需要上演这么一起笨拙的盗窃案了。"

"不管怎么说，"梅菲尔德勋爵说，"我相信卡莱尔，我能为他做担保。"

"卡莱尔，"卡林顿粗声说道，"他没问题。"

波洛优雅地摊开双手。

"但这位范德林太太——她有问题？"

"她肯定有问题。"乔治爵士说。

梅菲尔德勋爵以更为谨慎的语调说道："我想，波洛先生，范德林太太的那些传闻，想必不会是空穴来风。外交部那里会有更多更详尽的记录。"

"你们还认为那个女仆是她的同谋？"

"毋庸置疑。"乔治爵士脱口而出。

"依我看，可能性非常大。"梅菲尔德勋爵说得更为谨慎。

出现了一阵沉默。波洛叹了口气，心不在焉地扒拉着写字台右手边的几份文件，然后开口道："我想这些文件都和钱有关系吧？我的意思是说，被偷走的那份文件一定意味着一大笔钱。"

"如果用对地方的话——当然。"

"比如说？"

乔治爵士说出了两个欧洲权势的名字。

波洛点了点头。

"这件事是众人皆知的吧？"

"范德林太太肯定是知道的。"

"我说的是所有人。"

"我想应该是的。"

"稍微有点脑子的人应该都知道这份图纸值多少钱？"

"是的。不过，波洛先生——"梅菲尔德勋爵显得很局促。

波洛抬起一只手，阻止了他。

"我要彻底检查一下。"

他突然站了起来，一个箭步踏出落地窗，借助手电筒仔细检查露台另一边的草丛，不错过任何一个角落。

屋里的两个男人看着他。

回来后，波洛坐下来，说道："梅菲尔德勋爵，那个坏蛋，冲进阴影里的恶人，您当时没有去追他吧？"

梅菲尔德勋爵耸了耸肩。

"花园尽头连着主路，如果他早就安排了车子等在那里接应的话，一分钟就逃远了——"

"但是外面有警察啊——侦察兵什么的——"

乔治爵士抢过话头。

"波洛先生，您别忘了，这事儿可不能随便公开。要是让外面知道这份图纸被偷了,对军方会非常不利。"

"啊,对,"波洛回应道,"还得把政治因素考虑进去。要谨慎行事。于是您把我叫来了。既然如此,也许更简单了。"

"波洛先生,您觉得势在必得?"梅菲尔德勋爵表现出一丝怀疑。

小个子男人耸了耸肩。

"为什么不呢?无非就是推理和反向思考罢了。"他顿了一下,接着说,"现在我想和卡莱尔先生聊一聊。"

"没问题,"梅菲尔德勋爵站起身,"我刚才就让他候命,他应该就在附近,随叫随到。"

说完,梅菲尔德勋爵离开了书房。

波洛望着乔治爵士,说道:"好吧,你来说说那个出现在露台上的人吧。"

"我亲爱的波洛先生,你不要问我啊!我又没看到那个人,你让我怎么描述。"

波洛倾身向前。

"你确实说过。但好像又有点异样,是吗?"

"你什么意思?"乔治爵士一头雾水。

"要怎么说呢?我心存怀疑。"

乔治爵士张了张嘴,但什么也没说。

波洛鼓励他道:"告诉我,当时你们俩都站在露台尽头,为什么梅菲尔德勋爵看到有个影子从窗户溜出来,接着又穿过草坪,你却什么都没看到?"

乔治爵士盯着波洛。

"你说到点子上了,波洛先生。我从一开始就在担心这个。你看,我发誓根本就没人跳出窗户。我以为那肯定是梅菲尔德想象出来的——一根晃动的树枝或其他类似的。结果我们进到屋里,发现东西被偷了,这样看来,好像梅菲尔德是对的,反而是我搞错了。然而尽管如此——"

波洛笑了。

"然而你心底里还是只相信你的亲眼所见,虽然解释不通?"

"是,你说得没错,波洛先生。"

波洛突然笑着说:"你可真聪明。"

乔治爵士一针见血地发问:"草坪边缘没有脚印吧?"

波洛点了点头。

"没有。一开始,梅菲尔德勋爵只是觉得自己看到了人影,结果进屋后真的发现东西被盗,证明他是对的!那个人影不再是他臆想出来的——而是的确看到了一个人。但这不一定就是事实。我并不是想通过脚印追查盗贼,而是想以此作为证据,推翻他的说法。草坪上确实没有脚印。今晚大雨倾盆,如果有人穿过露台躲进草坪,那他一定会留下脚印。"

乔治爵士望着虚空,说道:"可是后来……可是后来——"

"我们还是得把注意力放回到房子里,放到房子里的人身上。"

门开了,波洛没再说下去。梅菲尔德勋爵带着卡莱尔先生走进了书房。后者虽然看上去还是十分憔悴、忧心忡忡,但已恢复作为秘书应有的举止。他坐下来,一边调整着夹鼻眼镜,一边好奇地望着波洛。

"先生,在听到那声尖叫前,你在这个房间里待了多久?"

卡莱尔思索着。

"我想,五到十分钟的样子吧。"

"在那之前都没有受到任何干扰?"

"没有。"

"据我所知,当晚这里有一场聚会,大家几乎整晚都待在同一个房间。"

"是的,在客厅。"

波洛看了眼记事簿。

"乔治·卡林顿爵士和他的夫人。麦卡塔太太。范德林太太。雷吉·卡林顿先生。梅菲尔德勋爵还有你。是这些人吧,对吗?"

"我不在客厅。聚会的大部分时间我都在这里工作。"

波洛转而询问梅菲尔德勋爵。

"谁最先去睡觉的?"

"我印象里是茱莉亚·卡林顿夫人。不过实际上三位女士一起先离开了。"

"后来呢?"

"卡莱尔先生进来了,我吩咐他去把文件拿出来,我和乔治爵士马上过去。"

"然后你决定去露台上走一走?"

"是的。"

"范德林太太有没有听到任何与你在书房里的工作有关的信息?"

"我提到过。是的,她知道。"

"不过你吩咐卡莱尔先生去准备图纸的时候范德林太太并不在场,对吧?"

"不在。"

"不好意思,梅菲尔德勋爵,我插一句嘴,"卡莱尔说,"您吩咐过我之后,我在走廊里和她撞了个满怀。她说她是回来拿书的。"

"你是说她有可能在门外偷听到了？"

"是的，我觉得很有可能。"

"她回来拿书，"波洛喃喃道，"你找到她要的书了吗，梅菲尔德勋爵？"

"找到了，雷吉交给她的。"

"啊，是了，这就是你们所说的老掉牙的桥段——哦，不对，是老生常谈的诡计——回来拿书。这一招通常很有用！"

"你觉得她是故意的？"

波洛耸了耸肩。

"这之后，你们两位绅士就去了露台。范德林太太那时候在干什么？"

"她拿到书就走了。"

"还有年轻的雷吉先生。他也去睡觉了吗？"

"是的。"

"卡莱尔先生就进了书房，五到十分钟后听到了那声尖叫。继续，卡莱尔先生，你听到一声尖叫，然后就冲进了走廊。啊，要是你能重现一下当时的举动的话，或许会更明了。"

卡莱尔先生略显窘迫地站起身来。

"我来表演尖叫。"波洛极力配合。他张开嘴巴，发出一声尖锐的哀号。一旁的梅菲尔德勋爵为了掩饰抑制不住的笑意而把头转向一边。卡莱尔先生看起来很不自在。

"加油！向前冲！冲啊！"波洛大喊，"该你了，跟着你的感觉来。"

卡莱尔先生动作僵硬地移动到门口，打开门走了出去。波洛跟了过去，另两位男士也紧随其后。

"你跑出去的时候把门带上了还是就让它敞着？"

"我记不太清楚了。应该是敞着的。"

"没关系。你继续。"

依旧浑身不自在的卡莱尔先生挪动到了楼梯口，停下来，向上望去。

波洛问道："女仆，你说有个女仆在楼梯上。她在什么位置？"

"差不多在楼梯中间。"

"她看上去很惊恐。"

"没错。"

"好，我来，我假装是那个女仆。"波洛敏捷地爬上了楼梯，"差不多这里？"

"再往上一两级。"

波洛特意摆了个姿势。

"像这样？"

"这个——呃——不太像。"

"那应该什么样？"

"这个，她的手放在头上。"

"啊，手放在头上。这可真有意思。像这样？"波洛举起双臂，双手分别放在耳朵上方。

"对，就是这样。"

"啊哈！告诉我，卡莱尔先生，她是个漂亮的姑娘吗？"

"这我可真没注意。"卡莱尔的声音有些低沉。

"啊哈，你没注意？可你是个年轻小伙子啊。年轻小伙子会没注意到一个可爱的姑娘吗？"

"真的，波洛先生，我只能说，我确实没注意。"

卡莱尔无助地看了一眼他的老板。乔治爵士突然放声大笑。

"波洛先生大概把你当成花花公子了,卡莱尔。"

"要是姑娘可爱,我一般都会注意到的。"波洛一边下楼一边说。

卡莱尔先生觉得这番话另有深意,便没有接茬。

波洛继续道:"于是她跟你讲她看见了鬼,是吗?"

"是的。"

"你相信吗?"

"这个嘛,不太信,波洛先生。"

"我不是问你相信这世上有鬼吗,我想问的是,你有没有怀疑,觉得她真的看到了什么?"

"哦,这我可说不上来。她当时的确喘得厉害,看起来十分惊恐的样子。"

"你有没有看到或是听见她的女主人有什么动静?"

"是的,这我倒是看见了。范德林太太从楼上的房间里冲出来,喊着'利奥妮'。"

"然后呢?"

"女仆就跑上楼去找她了,我也回了书房。"

"你站在楼梯下面那一会儿,有没有可能有人溜进房门大敞的书房呢?"

卡莱尔摇了摇头。

"除非不经过我这里。你看,书房在走廊尽头呢。"

波洛若有所思地点了点头。

卡莱尔小心翼翼地继续说道:"我得说,谢天谢地梅菲尔德勋爵看到那个窃贼从窗户逃跑了,不然我的处境可就麻烦了。"

"别瞎说,我亲爱的卡莱尔,"梅菲尔德勋爵不耐烦地插嘴道,"你不会受到任何怀疑。"

"您这样说真让我感动,梅菲尔德勋爵,不过事实就是事实,我很清楚现在的情况对我不利。我请求搜查我的全身及我的个人物品。"

"一派胡言,老伙计。"梅菲尔德说道。

波洛喃喃道:"你真的这么想吗?"

"我强烈要求您这么做。"

波洛若有所思地看着秘书一两分钟,然后喃喃道:"我明白了。"接着他又问道,"范德林太太的房间在哪里?"

"就在书房楼上。"

"从窗户能看到露台吗?"

"能。"

波洛又点了点头,接着说道:"我们去客厅看看吧。"

波洛在客厅四下走动,看了看窗户的开合方式,又扫了一眼牌桌上的比分情况,最后对梅菲尔德勋爵说道:"这件事,比看上去的要复杂得多。不过可以确定的是,那份被盗的图纸还在这幢房子里。"

梅菲尔德勋爵双眼紧紧盯着波洛。

"可是,我亲爱的波洛先生,我亲眼看到有一个人从书房溜了出去——"

"根本就没有这个人。"

"可是我看见他——"

"梅菲尔德勋爵,请恕我直言,那个人是你臆想出来的,那个人影可能就是一根树杈。只不过接下来你经历的事让你相信那是真的罢了。"

"不，相信我，波洛先生，我是不会看错的——"

"不管怎么说，我是没看见，老兄。"乔治爵士插嘴道，"请您原谅，梅菲尔德勋爵，我要十分坚定地告诉您，当时没有任何人穿过露台钻进草丛。"

面色苍白的卡莱尔生硬地说："如果波洛先生的判断没有错，那我就是最可疑的了。我是唯一有机会作案的人。"

梅菲尔德勋爵生气了。

"胡说。不管波洛先生是怎么想的，我都不会同意他的说法。我相信你的清白，我亲爱的卡莱尔。我甚至愿意为你做担保。"

波洛心平气和地说："但是我根本没说我在怀疑卡莱尔先生啊。"

卡莱尔接过话头。

"不，你把其他人的嫌疑都撇清了，有机会作案的人就只有我了。"

"不是！不是这样的！"

"可我刚才说了，当时没有人经过我身旁去书房。"

"我同意。不过，还可以爬窗户进去啊。"

"可你刚才不是说那是梅菲尔德勋爵看花眼了吗？"

"我说的是，如果有人从外面进来又出去，那他一定会在草地上留下痕迹。但如果是这幢房子里的人，就完全有可能了。他可以从自己房间的窗户溜上露台，再从书房的窗户进入书房，最后回到这个房间。"

"但梅菲尔德勋爵和乔治爵士都在露台上。"卡莱尔反驳道。

"他们确实都在露台上，但他们当时在散步。乔治·卡林顿爵士的视力可以说非常值得信赖，"波洛说着微微鞠了一躬，"可他的眼睛又没有长在脑袋后面！书房的窗户位于露台最左端，紧挨着的是这个房间的窗户,接着还相隔……一个、两个、三个,差不多还有四个房间,才到露台的另一头,对吗?"

"餐厅、台球厅、晨间起居室,还有一个图书室。"梅菲尔德勋爵说道。

"而你们在露台上走了多少个来回?"

"至少五六个来回。"

"看到了吗,轻而易举,小偷只要看准时机就行了。"

卡莱尔一字一顿地说:"你是说,我在走廊里和那个法国姑娘说话的时候,小偷已经回到客厅了?"

"我的个人意见。当然,只是一点想法而已。"

"我看这不太可能,"梅菲尔德勋爵说道,"这太冒险了。"

空军中将提出异议。

"我不同意你的看法,查尔斯。这完全有可能。我怎么就没想到呢。"

"现在你们明白我为什么会认定那份图纸根本就没离开过这幢房子了吧。"波洛说道,"当务之急是赶紧找到它。"

乔治爵士哼了一声,说道:"这个好办。搜查所有人。"

梅菲尔德勋爵正要表示反对,却被波洛抢先一步。

"不不,事情没有那么简单。偷走图纸的那个人肯定早就料到会有一次彻底搜查,所以他或她是不会把偷来的图纸和自己的物品放在一起的。图纸应该被藏在了一个和任何人都无关的地方。"

"你的意思是我们得在这整幢该死的房子里玩捉迷藏喽?"

波洛面露笑容。

"不不,我们不需要做这么粗鲁的事情。我们可以假装知道东西藏在哪儿——或者假装我们就是那个小偷。这样一来事情就会好办很多。一会儿天亮之后我会找这幢房子里的每一个人谈一谈。我想这样要比现在就开始谈妥当得多。"

梅菲尔德勋爵点了点头。

"绝对好过凌晨三点把大家从睡梦中叫醒,他们肯定会抱怨连连的。不管怎样,询问时还请你讲究些迂回策略,波洛先生,这件事情必须保密。"

波洛轻轻地挥了挥手。

"就都交给赫尔克里·波洛吧。我编故事向来有一手,细节到位,说服力一流。天亮后我就开始调查。不过现在,我可以先问问你们两个,梅菲尔德勋爵,还有乔治爵士。"

说完,他向两人行了一礼。

"你是说——单独谈?"

"正是。"

梅菲尔德勋爵略微抬了下眼睛,说道:"当然没问题。那我先回避一下。轮到我的时候你就去书房找我。卡莱尔,咱们走吧。"

梅菲尔德勋爵和卡莱尔关上客厅大门离开了。乔治爵士坐下来,不自觉地伸手去抓香烟。接着一脸困惑地看着波洛。

"实话说,"他慢条斯理地说道,"我搞不懂你这是要干什么。"

"这很好解释,"波洛面带微笑,"准确地说就五个字而已。范德林太太!"

"哦,"乔治·卡林顿说道,"我大概知道了。范德林太太吗?"

"一点不错。这问题对梅菲尔德勋爵来说过于敏感了。众所周知,范德林太太这个女人相当可疑,可她为什么会出现在这里？我自己琢磨出三种可能。第一，梅菲尔德勋爵对她有倾慕之情，这也就是我要找你单独谈话的原因。我可不想让他感到尴尬。第二，范德林太太是这幢房子里的另一个人的好朋友。"

"肯定不是我的！"乔治爵士露齿一笑。

"如果以上两种可能都不成立的话，这个问题可就更重要了。为什么范德林太太会在？我隐约察觉到了原因，那就是，她恰好在这个节骨眼上出现在这里，一定是梅菲尔德勋爵为了某种特殊的原因而有意安排的。我说得对吗？"

乔治爵士点了点头。

"没错。梅菲尔德勋爵老谋深算，她那些迷惑人的招数起不了作用。他叫她来确实另有原因。"

接下来他把餐桌上的谈话又重复了一遍。波洛聚精会神地听着。

"啊，"波洛说道，"我明白了。可现在看来，你们两个都被那个女人给耍了！"

乔治爵士不快地嘟囔了几句。

波洛乐呵呵地看着他，说道："你坚信偷图纸这件事就是她干的吧——我的意思是，她是主谋，不管她有没有亲自动手。"

乔治爵士眼神坚定。

"这毋庸置疑！我毫不怀疑。原因？还会有别的什么人对那份图纸感兴趣吗？"

"啊！"波洛往后靠了靠，望着天花板道，"还有，乔治爵士，一刻钟前我们刚刚确定这份图纸价值不菲。或许不像钞票、黄金或者珠宝那么显而易见，但它确实意味着一大笔钱。如果这里正好有人缺钱花——"

乔治爵士哼了一声，打断了波洛的话。

"这年头谁不缺钱？可以不怕引火上身地说，我就缺钱花。"

说完他笑了，波洛也回以微笑，并喃喃道："是啊，你可以这么说，乔治爵士，你在这个案子里的不在场证明是无懈可击的。"

"但我真的缺钱！"

波洛难过地摇了摇头。

"确实，像你这种身份的人一定需要很大一笔日常开支。更何况你还有个青春年少的儿子，他现在正是花钱的时候——"

乔治爵士抱怨道："教育真是一笔很大的开支，另外我们还有外债要还。当然了，我儿子是个不错的小伙子。"

空军中将开始了冗长的抱怨，波洛同情地听着。从年轻人越来越缺乏勇气和耐力，说到母亲的溺爱和毫无原则的支持，最后开始诅咒嗜赌成性，玩得越来越大，甚至超出支付能力的夫人们。尽管他只是泛泛而谈，没有指名道姓，但熟悉他的人很容易就能听出来他其实说的就是自己的老婆和儿子。

乔治爵士突然停了下来。

"对不起，用这些题外话占用了你的时间，尤其还是在深夜——也许该说是凌晨。"

说完他强忍住了一个哈欠。

"乔治爵士，我建议你现在就去睡觉。谢谢你帮了我这么多。"

"你说得对，我想我得去睡了。你真的认为图纸有可能找回来吗？"

波洛耸了耸肩。

"我觉得可以一试。为何不呢？"

"好吧，我去睡了，晚安。"

乔治爵士离开了。

波洛独自坐在客厅里，若有所思地望着天花板，接着，他拿出小记事簿，翻到空白的一页，写道：

范德林太太？
茱莉亚·卡林顿夫人？
麦卡塔太太？
雷吉·卡林顿？
卡莱尔先生？

又在下面写道：

范德林太太和雷吉·卡林顿？
范德林太太和茱莉亚夫人？
范德林太太和卡莱尔先生？

他不满地摇了摇头，小声嘟囔了一句："并不是什么难事。"他继续写下一些简单的句子：

梅菲尔德勋爵究竟有没有看到"人影"？如果没有，他为什么要说看到了？乔治爵士有没有看到些什么？在我检查过花坛之后，他才一口咬定说他什么都没有看见的。备注：梅菲尔德勋爵是个近视眼，尽管阅读时不需要戴眼镜，但要看清楚房间的另一头，就必须戴上他的单片眼镜了。乔治爵士则是个远视眼。因此，从露台一端往书房这边看的话，乔治爵士的话比梅菲尔德勋爵的更有说服力。但尽管乔治爵士一再否认,梅菲尔德勋爵依然十分确定自己看到了人影。

还有谁像卡莱尔先生这么可疑吗?梅菲尔德勋爵多次强调他是清白的。有点过头了。这是为什么?是因为他其实心里也怀疑卡莱尔,只是羞于启齿?还是因为他确信嫌犯另有他人?而且是范德林太太以外的人?

他把记事簿往旁边一推,然后站起身,径直往书房走去。

第五章

波洛走进书房时,梅菲尔德勋爵正坐在写字台旁。看到波洛,他放下手里的钢笔,抬起头,充满期待地望着对方。

"你已经和卡林顿谈过了吧,波洛先生?"

脸上洋溢着笑容的波洛坐了下来。

"是的,梅菲尔德勋爵。他帮我解开了一个谜团。"

"什么?"

"范德林太太出现在这里的原因。希望你理解,我觉得有可能——"

梅菲尔德勋爵马上就意识到波洛为何如此支支吾吾。

"你认为我有把柄在那个女人手里?根本没有这回事。真是可笑,卡林顿他也这么认为。"

"是的,他对我讲了你们之间关于这件事情的对话。"

梅菲尔德勋爵看起来十分可怜。

"结果我失算了。男人总是不愿承认被一个女人打败了。"

"啊,但是她还没有打败你呢,梅菲尔德勋爵。"

"你是说我们还有赢的可能?哦,很高兴听到你这样说。我愿意相信这是真的。"梅菲尔德勋爵叹了口气,"我觉得我就是个十足的傻瓜。还以为我的计谋成功引她上钩了,为此高兴得不得了呢。"

波洛为自己点了一支香烟,说道:"梅菲尔德勋爵,你的计谋具体是什么?"

"这个嘛,"梅菲尔德勋爵有些犹豫,"具体细节我还没想好。"

"你没有和任何人讨论过吗?"

"没有。"

"连卡莱尔先生都没有吗?"

"没有。"

波洛笑了。

"你喜欢单枪匹马地干,梅菲尔德勋爵。"

"我一直觉得这样最好。"梅菲尔德勋爵稍显冷酷地说。

"是的,你很精明。谁都不信。但你还是跟乔治·卡林顿爵士提过你的计谋吧?"

"还不都是因为这个老伙计实在是太为我操心了。"

梅菲尔德勋爵似乎想起了什么往事,脸上露出一丝微笑。

"你们是老朋友了吧?"

"是的,我认识他二十多年了。"

"他的太太呢?"

"当然,我们也认识。"

"不过——恕我直言,你和她的关系并不太好吧?"

"波洛先生,我真的不明白我的人际关系和这件事有什么瓜葛。"

"但我认为有很大的关系,梅菲尔德勋爵。你之前不是也赞同我关于躲在客厅的说法吗?"

"是的。实际上,我觉得那一定就是真相。"

"我们别用'一定'这个词,未免太自以为是了。但如果确实让我说着了,你觉得会是谁躲在客厅?"

"显然是范德林太太。她既然回去取过一次书,就可以再回去取另一本书、一个手袋或者掉落的手帕——女人要找个理由简直太方便了。她事先和她的女仆串通好,用尖叫声把卡莱尔引出书房,然后就像你说的那样,通过窗户进出书房。"

"你忘了,卡莱尔说当时听到范德林太太在楼上叫她的女仆,所以应该不是范德林太太。"

梅菲尔德勋爵心烦意乱地咬了咬嘴唇。

"没错,这一点我给忘了。"

"不过你看,"波洛柔声说道,"我们有些进展。我们先是简单地认为窃贼是从外面溜进书房,然后带着赃物离开了。我当时说这样想太简单了,简单得让人怀疑其真实性。于是我们放弃了这个可能性。然后我们想到范德林太太的外国特工身份,好像综合起来看也解释得通。但现在看起来还是太简单了——太顺理成章,没办法让人相信。"

"所以你把范德林太太完全排除在外了?"

"躲进客厅的不是范德林太太。有可能是范德林太太的同伙下的手,但也有可能整件事完全是另一个人做的。如果是这样,我们就得考虑一下作案动机是什么。"

"你不觉得这有点牵强吗,波洛先生?"

"不觉得。会是什么动机呢?比如为了钱。偷东西的人可能是想用图纸换钱,这是最容易想到的动机。不过真正的动机有可能与之大相径庭。"

"比如……"

波洛一字一顿地说道:"有可能是为了毁掉什么人。"

"毁掉谁？"

"比如卡莱尔先生。他是最容易被怀疑的。不过说不定是更大的目标，比如掌握着国家命运的人，梅菲尔德勋爵，通过舆论来攻击这些人，是非常容易的。"

"你是说窃贼的目的是要毁了我？"

波洛点了点头。

"我相信有这个可能，梅菲尔德勋爵，大约五年前，你经历过一段难堪的时期。当时你被怀疑和某欧洲势力有来往，这导致你在选民当中非常不受欢迎。"

"的确如此，波洛先生。"

"这年头从政可不容易。一方面要能找到有利于国家的方针政策；另一方面又得兼顾民意的力量。而所谓民意，通常是感情用事、冲动且非常易变的，却又不能忽视。"

"你表述得太到位了！政治家就是活在这样的诅咒下。尽管知道自己将会面临什么样的险境，却还要为了国家而卑躬屈膝。"

"我想这就是所谓进退两难。有谣言说你已经和那个欧洲势力达成了协议，导致国民和媒体都在奋起反对。所幸有首相出面为你澄清，你也亲自否认了谣言，不过你的立场还是暴露了。"

"波洛先生，你说得都对。不过为什么要翻这些旧账呢？"

"因为我在想，可能有人因为你之前成功渡过了难关而耿耿于怀，于是试图再次置你于死地。毕竟那次事件过后你很快就赢回了公众的信任，你现在是如日中天的政治家，还有消息说汉伯利先生退休后，你很有可能接任首相一职。"

"所以你觉得这次的事件是想要抹黑我？简直是无稽之谈！"

"绝对有这个可能。梅菲尔德勋爵，如果让外面知道大不列颠帝国新型轰炸机的图纸在你家的周末派对上被偷走了的话，情况可不会好看啊,更何况你还邀请了那位鼎鼎有名的美丽女士。但凡报纸在你们俩的关系上稍微做点文章,你的信誉都会大打折扣。"

"我不认为你说的这些有可能发生。"

"我亲爱的梅菲尔德勋爵,你很清楚这是完全有可能的!公众对于一个人的信心是很容易被摧毁的。"

"是,这倒是真的。"梅菲尔德勋爵似乎一下子焦虑了起来,"老天!这件事情竟然变得如此棘手。你真的觉得——可是这不可能啊,不可能。"

"你认识的人里面有谁会……嫉妒你?"

"荒唐!"

"不管怎么说,你得承认,我询问你和受你邀请参加这场派对的人之间的关系,绝不是随便问问的。"

"哦,也许吧——也许。你问过我茱莉亚·卡林顿。我真的没什么好说的。我对她没什么兴趣,我想她也没把我放在眼里。她是那种容易焦虑、容易紧张的女人,沉迷打牌到近乎疯狂。依我看,她那种老古板是不会把我这种白手起家的人放在眼里的。"

波洛说道:"来这里之前我在《名人录》上查过你的资料,你手上有一家知名工程公司,而你本人就是一名优秀的工程师。"

"这没什么奇怪的,我确实精通实务,我是从底层一步步做上来的。"梅菲尔德勋爵冷冷地说。

"哦,哈哈!"波洛突然叫道,"我真是个愚蠢的傻瓜——傻瓜!"

梅菲尔德勋爵盯着他。

"你这是什么意思,波洛先生?"

"关于这个谜,我已经看出些端倪了。我之前没注意到……

不过现在都说得通了。是的——非常完美。"

看着他的梅菲尔德勋爵却一脸惊恐和疑惑。

波洛带着一抹微笑,摇了摇头。

"不、不,现在还不行。我还得好好理清一下思绪。"他站起身,"晚安,梅菲尔德勋爵,我想我知道图纸在哪里了。"

梅菲尔德勋爵喊了出来。

"你知道了?那我们现在就去找啊!"

波洛摇了摇头。

"不,不能轻举妄动,那样会坏了大事。把一切都交给赫尔克里·波洛吧。"

波洛扬长而去,梅菲尔德勋爵不屑地耸了下肩膀。

他小声念叨了一句:"这人就是个江湖骗子。"接着把所有文件都放到一边,关上灯,回房间睡觉了。

第六章

"如果有东西被偷了,老梅菲尔德为什么不报警?"雷吉·卡林顿问道,把椅子往后退了退,好和早餐桌拉开点距离。

他是最后一个下楼的。梅菲尔德勋爵、麦卡塔太太和乔治爵士都已经吃完了。而他母亲和范德林太太选择在床上吃早餐。

乔治爵士把他跟梅菲尔德勋爵和赫尔克里·波洛早前达成的共识重复了一遍,语气中却并不相信波洛会如他所说搞定这一切。

"找个古怪的外国佬来,这也太奇怪了。"雷吉喋喋不休地说,"有什么结果了吗,爸爸?"

"我不是很清楚,孩子。"

雷吉站了起来,整个早晨他看起来都非常紧张,随时要崩溃的样子。

"没丢什么……重要的东西吧?比如……文件之类的?"

"实话告诉你吧,雷吉,我不能向你透露。"

"我明白了,是机密,对吧?"

说完,雷吉跑上楼梯,半途稍作迟疑地皱了一下眉头,然后继续上楼,敲了敲母亲的房门。里面传来让他进去的声音。

茱莉亚夫人坐在床上,正在一个信封背面胡乱写着什么。

她抬头看了一眼,说道:"早上好,亲爱的,雷吉,有什么事吗?"

"没什么,只是昨晚这房子里发生了盗窃案。"

"盗窃?什么被偷了?"

"哦,我不知道。全是机密。楼下有个奇怪的私人侦探正在一个个找人问话。"

"这太不可思议了!"

"倒不如说让人很不舒服。"雷吉慢条斯理地说,"自己住的地方居然发生这种事情。"

"到底发生了什么?"

"我不知道。是在我们都去睡了之后发生的。妈妈,小心,托盘要掉下来了。"

雷吉身手敏捷地接住了早餐餐盘,放到了窗边的桌子上。

"是丢钱了吗?"

"我跟你说了我不知道。"

茱莉亚夫人问道:"这个私人侦探,会找每个人问话,对吧?"

"应该是。"

"问些你昨晚在哪里之类的问题?"

"可能吧。反正我没什么能告诉他的。我直接回房睡觉了,一躺下就睡着了。"

茱莉亚夫人没有作声。

"我说妈妈,你就不能给我点儿钱吗?我真的穷死了。"

"不行,我给不了你。"后者毅然拒绝,"我自己都透支得干干净净了。不知道你爸要是知道了会怎么说。"

话音刚落,响起了敲门声,来人是乔治爵士。

"啊,雷吉,原来你在这里,你能到楼下的图书室来一趟吗?赫尔克里·波洛先生想要见你。"

波洛刚刚摆脱难缠的麦卡塔太太。

仅凭几个粗略的问题就可以判断出麦卡塔太太快十一点时上床就寝,没有听到任何动静,也没看到什么人。

波洛又不动声色地把话题从盗窃引到她的私人问题上。他说他非常崇拜梅菲尔德勋爵,作为普通百姓,他认为梅菲尔德勋爵是个伟大的男人。当然了,以麦卡塔太太的个性,自然忍不住说出自己对梅菲尔德勋爵的看法。

"梅菲尔德勋爵是个聪明人,"麦卡塔太太赞同道,"他的今天完全是他自己一手打造出来的,无愧先人留下的影响。不过他有点目光短浅,据我观察,大多数男人都有这个问题。他们不像女性那样想象力丰富。波洛先生,女性将会是十年后政坛上的中流砥柱。"

在明确表示赞同之后,波洛又把话题转移到了范德林太太身上。他向麦卡塔太太求证:范德林太太和梅菲尔德勋爵是不是像他所听说的那样关系亲密。

"一点都不!实话跟你说吧,我完全没想到她会出现在这里。简直出乎意料。"

接着,波洛又引导着麦卡塔太太说出她对范德林太太的看法——很顺利。

"她和大多数毫无用处的女人没什么两样,波洛先生。她们接受了身为女性!就是寄生虫,彻头彻尾的寄生虫。"

"她招男人喜欢吗?"

"男人!"麦卡塔太太不屑一顾地说出这个词,"男人总是会被肤浅的美色所迷惑。就拿雷吉·卡林顿那个小伙子来说吧,只要那个女人一跟他说话他就会脸红,好像她的关注就是对他最大的褒奖一样。不光如此,那个女人献媚的手段也很拙劣,居然夸赞他桥牌打得妙——简直就是睁眼说瞎话。"

"他的牌技不好吗?"

"昨晚他错误百出。"

"茱莉亚夫人应该是个高手吧?"

"在我看来她的牌技好得过分了。"麦卡塔太太直言不讳,"打牌对她来说更像是一份工作。早晨起来打,中午打,晚上还要打。"

"下很高的赌注吗?"

"是的,没错,远远高于我对一项娱乐活动的预期投入。实话说,我觉得这不是什么好事。"

"她能赢很多钱吗?"

麦卡塔太太爆发出一阵大笑。

"她还指望着用赢来的钱还债呢。不过据我所知,她最近都在走霉运。昨天晚上她看起来就是一副心事重重的样子。波洛先生,嗜赌的危害可以说堪比酗酒。要是能让我来净化这个国家——"

就这样,波洛被迫听了一段有关净化英格兰人民心灵的冗长论述,然后赶紧结束了谈话,派人去叫雷吉·卡林顿。

雷吉·卡林顿一进门就被波洛仔仔细细地打量了一番。薄嘴唇上挂着相当迷人的微笑,下巴线条柔和,眼距略宽,头小脸小。他很熟悉雷吉·卡林顿这类小伙子。

"雷吉·卡林顿先生?"

"是的。有什么需要我做的？"

"跟我说说昨天晚上的事情吧。"

"哦，让我想想。昨天晚上我们打桥牌来着，在客厅里。后来我就去睡觉了。"

"那时候几点？"

"快十一点。我猜盗窃案是在这之后发生的，对吧？"

"是的，在那之后。你有没有听到或看到什么？"

雷吉遗憾地摇了摇头。

"恐怕没有。我直接上床了，睡得很沉。"

"也就是说，你离开客厅后就直奔卧室，然后直到第二天早上才又出来？"

"没错。"

"奇怪啊。"波洛念叨着。

雷吉赶忙问道："什么奇怪？"

"你有没有听到……类似一声尖叫？"

"没有，没听到。"

"啊，真是太奇怪了。"

"等一下，我不明白你到底是什么意思。"

"你是不是听力不好？"

"当然不是。"

波洛的嘴唇动了动，看上去像是又念叨了一遍"奇怪"这个词。接着他说道："好了，谢谢你，卡林顿先生，我没什么要问的了。"

雷吉犹犹豫豫地站了起来，说道："其实，经你刚才那么一提醒，我想起来我当时确实听到过类似的声音。"

"啊，你听到了什么声音？"

"不过我当时在看书，一本侦探小说，所以……哦，就没太在意。"

"啊，"波洛说，"还真是一个无懈可击的解释。"但他脸上却挂着漠然的表情。

雷吉依旧很犹豫，然后他转过身，慢慢地朝门口走去。在门口停下来说道："我想问，是什么东西被偷了？"

"价值不菲的东西，卡林顿先生。我只能向你透露这么多。"

"哦。"雷吉心不在焉地应和了一声就走出了房间。

波洛点了点头。

"吻合了，"他呢喃着，"分毫不差。"

说完，他按响呼唤铃，和颜悦色地询问范德林太太是否到了。

第七章

范德林太太像阵风一样飘进了房间,英气逼人。一身剪裁高级的黄褐色运动服衬得她的头发泛着温暖的光泽。她又飘进座椅,露出令人目眩的微笑,看着面前的小个子男人。

有那么一个瞬间,波洛觉得范德林太太的微笑中隐约藏有深意,像是胜券在握的信心,又像是嘲弄。但仅仅是一瞬间的事,马上就消失了。波洛觉得这人十分有趣。

"入室盗窃?昨天夜里?太可怕了!为什么我什么都没听到。警察呢?他们不能做点什么吗?"

又是一瞬间,那种嘲弄的神情又出现在了她的眼睛里。

波洛心想,很显然,这位女士根本没把警察放在眼里。她很清楚他们是不会让警方介入的。

由此可以得出什么结论呢?

波洛镇定地说道:"夫人,还请您对此事保密。"

"哦,这是当然,波洛……先生,对吧?我在梦里都会守口如瓶。我可相当崇拜梅菲尔德勋爵,不会做任何让他增添一丝烦恼的事情。"

范德林太太跷起一条腿,搭在另一条腿上,擦得锃亮的棕色皮拖鞋挂在穿着丝袜的脚尖上。

她绽放出如阳光般的笑容，体现出极好的身体状态和发自内心的满足。

"告诉我，我能做些什么？"

"谢谢您，夫人。昨天晚上您是不是在客厅打桥牌？"

"是的。"

"据我所知，牌局结束后所有女士就都去睡觉了，对吧？"

"没错。"

"不过有个人后来又折返回去拿书。那个人就是范德林太太您，对吧？"

"我是第一个折返回去的——是的。"

"您说第一个，这是什么意思？"波洛急忙追问。

"我刚走就回去了，"范德林太太解释道，"拿到书以后我就上了楼，按铃叫女仆。可她一直没到，我只好又按了一次铃，然后走到楼梯口那边。在那里我听到了她的声音，于是就把她叫到我房间里了。梳完头发我就把她打发走了，她情绪不怎么好，紧张兮兮的，不止一次让梳子缠住我的头发。就是那会儿，我看到茱莉亚夫人上楼来。她说她刚刚下楼去拿书了。很奇怪，不是吗？"

说完，范德林太太露出妩媚的笑容。赫尔克里·波洛提醒自己，范德林太太和茱莉亚·卡林顿不是一类女人。

"明白了，夫人。能不能告诉我，您当时是否听到了女仆的尖叫声？"

"听到了。怎么了，我确实听到了类似的声音。"

"您有没有问她发生了什么？"

"我问了。她说她看到一个白色人影在空中飘——简直是胡言乱语！"

"茱莉亚夫人昨晚穿的是什么？"

"哦，你是不是在想——是的，我明白了。她穿的是一件白色晚礼服。这样就说得通了。当时黑漆漆的，我的女仆一定是把她当成鬼影了。这些姑娘还真是迷信。"

"您的女仆跟在你身边很久了吗，夫人？"

"哦，没有，"范德林太太瞪大了眼睛，"只有差不多五个月。"

"我想马上见一见她，如果夫人您不介意的话。"

范德林太太挑起一边的眉毛，冷冷地说："哦，当然可以。"

"我想问她一些问题，希望您理解。"

"哦，没问题。"

那一抹嘲讽又出现了。

"夫人，"波洛说道，"请接受我对您毫无保留的赞赏。"

范德林太太第一次显露出一丝惊讶。

"哦，波洛先生，你真是会说话，不过何出此言啊？"

"夫人，您可谓刀枪不入、胸有成竹。"

范德林太太有点心虚地笑了笑。

"我得好好琢磨一下，这到底算不算对我的夸奖。"

波洛说："说不定，这是一个警告。千万别小看生活。"

范德林太太又笑了，这次看起来自信了不少。她站起来，伸出一只手。

"亲爱的波洛先生，我衷心地希望你早日成功。也谢谢你刚才对我说的那些。"

范德林太太出去后，波洛开始兀自嘀咕："你祝我成功，嗯？啊，可你明明知道我离成功还远着呢！是的，你对此深信不疑。这真让我不爽。"

怒气未消的波洛拉响了呼叫铃,让人把利奥妮小姐带来见他。

趁着她还在门外迟疑的工夫,波洛上上下下把她仔细地打量了一番。身穿一条黑色连衣裙的利奥妮神情严肃,一头乌黑的卷发被整整齐齐地从中间分开,眼皮下垂。波洛鼓励地点了点头。

"进来吧,利奥妮小姐,"他说道,"别害怕。"

利奥妮走进屋,笔挺地站在波洛面前。

"你知道吗?"波洛突然换了一种语气,"我觉得你很漂亮。"

利奥妮马上用眼角余光偷偷地看了一眼波洛,轻声说道:"先生过奖了。"

"可你知道吗,"波洛又说道,"我问卡莱尔先生你长得好不好看时,他却回答说他不知道!"

利奥妮轻蔑地扬了扬下巴。

"那个家伙!"

"你说得对。"

"我觉得他这一辈子就没正眼看过哪个姑娘。"

"很有可能。真可惜。他的人生因此少了很多乐趣。不过,这幢房子里还是有一些眼光不错的人的,不是吗?"

"我不懂先生您在说什么。"

"哦,利奥妮小姐,你很清楚我在说什么。你对别人说你昨天晚上见到鬼了吧。我一听你当时站在楼梯中间、双手抱着头,就十分清楚根本没什么鬼。如果一个姑娘受到了惊吓,她要么会捂着胸口,要么会捂着嘴巴不让自己叫出来。但是如果她把手放在了头发上,那就是其他原因了。这个动作表示,她要整理刚被弄乱的发型!好了,小姐,说出真相吧。你当时为什么会在楼梯上尖叫?"

"可是先生,我说的是真的,我看到了一个白色的高大身影——"

"小姐,不要再侮辱我的智商了。你说的那个故事可能骗得了卡莱尔先生,但对赫尔克里·波洛来说可太嫩了。事情的真相是你当时被一个人吻了,我没说错吧?我猜,吻你的那个人是雷吉·卡林顿先生。"

利奥妮无所畏惧地看着波洛,眨了眨眼睛。

"呃,"她问道,"到底什么叫吻啊?"

"是啊,是什么呢?"波洛配合地接过话头。

"就是,有个年轻男人从后面搂住了我的腰——我自然被他吓了一跳,忍不住叫出了声。要是我事先知道的话,那我肯定就不会大叫了。"

"正常反应。"波洛应道。

"他就像一只猫。接着,秘书卡莱尔先生从书房出来张望,那个年轻人就一溜烟儿上楼了,剩下我像个傻子一样站在原地。直觉告诉我我得说点什么,尤其是对……"利奥妮突然开始讲法语,"一个看上去一表人才的年轻男子!"

"所以你就编了一个鬼故事?"

"的确如此,先生,我当时只能想到那个。一个高大的白色身影,飘在空中。我知道那很荒谬,但我又能怎么办?"

"这没什么。所以现在真相大白了。我一开始的怀疑是对的。"

利奥妮向波洛抛了个媚眼。

"先生真聪明,还特别善解人意。"

"接下来我不会再因为这件事让你感到难堪了,作为回报,你能为我做些什么吗?"

"我非常愿意效劳,先生。"

"你对你的女主人了解多少?"

姑娘耸了耸肩。

"不太多,先生。不过我当然还是有些想法的。"

"什么想法?"

"就是,我发现我家夫人的朋友不是军人就是水手,要么就是飞行员。此外还有一些不声不响就来见她的外国绅士。夫人非常迷人,尽管可能会有一天风韵不再。那些年轻小伙子没有一个不为她所动的。有时候我觉得他们的话太多了,但这只是我的个人看法。夫人对我是有所保留的。"

"你其实是想告诉我夫人向来都是单枪匹马的吧?"

"是的,先生。"

"也就是说,你帮不到我。"

"恐怕是的,先生。帮得上的话我一定帮。"

"那你告诉我,你女主人今天的情绪是不是很好?"

"绝对非常好,先生。"

"什么事让她这么开心?"

"来到这里后她的心情一直很好。"

"哦,你对此肯定是最清楚不过了,利奥妮。"

姑娘胸有成竹地说:"是的,先生,我不会看错的,夫人的所有情绪都逃不过我的眼睛。她现在心情很好。"

"春风得意?"

"正是,先生。"

波洛沮丧地点了点头。

"这恐怕……有点让人难以接受。不过我也知道这是不可避免的。谢谢你,小姐,我没什么要问的了。"

利奥妮又抛了个媚眼。

"谢谢您,先生。如果之后在楼梯上遇见您,我一定不会大叫的。"

"我的孩子,"波洛一本正经地说,"我都一大把年纪了,怎么会去干那么轻浮的事情?"

利奥妮咯咯地笑着离开了房间。

波洛一个人在房间里慢慢地踱步,面容越发凝重和焦虑。

"现在,该茱莉亚夫人了。"波洛自言自语道,"我很好奇她会怎么说?"

茱莉亚夫人趾高气扬地走进了房间,礼貌地点头示意了一下就坐在了波洛帮她拉来的椅子上。茱莉亚夫人的嗓音低沉稳重,言辞得体。

"梅菲尔德勋爵说你想找我聊聊。"

"是的,夫人。有关昨天晚上的事情。"

"昨天晚上?请说。"

"打完桥牌后你做了什么?"

"当时我丈夫觉得时间太晚了,结束了牌局。于是我就去睡觉了。"

"后来呢?"

"我睡着了啊。"

"没别的了?"

"没有了。恐怕我说的都对你没什么用。那个……"茱莉亚夫人迟疑了一下,"盗窃,是什么时候发生的?"

"你上楼后不久。"

"哦。到底什么东西被偷了？"

"一些私人文件，夫人。"

"重要的文件吗？"

"非常重要。"

茱莉亚夫人微微皱了皱眉，说道："那些文件……值钱吗？"

"是的，夫人，值一大笔钱。"

"这样啊。"

两人沉默了一阵，接着波洛问道："你的书呢，夫人？"

"我的书？"对方一脸疑惑。

"对。范德林太太说你们三位女士一起离开后，你又回去拿书了。"

"对，没错，我是回去了。"

"所以，其实，你上楼后并没有直接上床睡觉？你又返回了客厅？"

"是的，没错。我给忘了。"

"你在客厅的时候有没有听到尖叫声？"

"没有……嗯……我没听到。"

"再想想，夫人。你在客厅里，是一定能听得到的。"

茱莉亚夫人把头往后一甩，坚定地说道："我什么也没听到。"

波洛扬了扬眉毛，没有回应。

一阵令人尴尬的沉默后，茱莉亚夫人突然问道："做了什么？"

"做了什么？我不明白你在说什么，夫人。"

"我是说，发生了一起盗窃案，警察肯定要做些什么吧。"

波洛摇了摇头。

"没叫警察，由我全权负责。"

茱莉亚夫人注视着波洛，干瘦的脸绷得很紧。深色的眼睛转了转，企图从对方身上找出破绽。

两人最终都败下阵来。

"你不能告诉我都做了什么吗？"

"夫人，我只能告诉你，我已经使出了浑身解数。"

"你是说去抓小偷……还是去找回文件？"

"找回文件是重点，夫人。"

她一下子变得漠不关心、百无聊赖起来。

"是的，"茱莉亚夫人冷漠地说道，"我觉得也是。"

两人再次陷入沉默。

"还有别的事情吗，波洛先生？"

"没有了，夫人。你可以走了。"

"谢谢你。"

波洛上前帮她打开房门，茱莉亚夫人目不斜视地走了出去。

之后波洛走到壁炉旁，专心地摆弄起壁炉台上的装饰品来，梅菲尔德勋爵从落地窗走了进来。

"怎么样？"梅菲尔德勋爵先开了口。

"依我看非常好。都在意料之中。"

梅菲尔德勋爵盯着波洛，说道："你很开心啊。"

"不，我不开心，但是我很满足。"

"波洛先生，我真搞不懂你。"

"我肯定不是你以为的江湖骗子。"

"我从来没说过——"

"你没这样说，但你有这么想！没关系。我不在意。有时候摆摆架势对我来说还是有必要的。"

梅菲尔德勋爵怀疑地望着波洛，似乎怎么也无法信任站在眼前的这个人。他搞不懂赫尔克里·波洛，他想干脆对他视而不见，但又觉得这个荒唐的小个子男人并不像看上去那么没用。说起知人善任，查尔斯·麦克劳克林还是很有经验的。

"好吧，"梅菲尔德勋爵说，"我们都听你的。接下来你有什么建议？"

"你能让你的那些客人都回家吗？"

"我想这个不难办……我可以跟他们说为了丢东西这事我得去趟伦敦。他们应该就会主动走了。"

"非常好。你就这么安排吧。"

梅菲尔德勋爵有些迟疑。

"你不觉得这样会——"

"我确定这是个好办法。"

梅菲尔德勋爵耸了耸肩。

"好吧，既然你这么说了。"

他走出了门。

第八章

午饭后，客人们陆续离开。范德林太太和麦卡塔太太打算坐火车，卡林顿一家开车。范德林太太姿态优美地跟梅菲尔德勋爵一家告别时，波洛就站在门厅看着。

"发生了这样让人心烦意乱的事情，我真为你感到难过。我真心希望这事会有个好的结果。我一个字都不会说出去的。"

范德林太太按了按梅菲尔德勋爵的手，接着坐进了等在门口的劳斯莱斯轿车。麦卡塔太太已经在车里了，早些时候她敷衍地和主人告了别。

就在这时，坐在前排的利奥妮突然冲出车子往屋里跑。

"夫人的化妆盒，不在车上。"她一边跑一边喊。

大家迅速地找了一圈，最终梅菲尔德勋爵在一个老旧的橡木柜子下找到了那个化妆盒。欣喜之情溢于言表的利奥妮接下了这个绿色的摩洛哥皮革质地的精巧盒子，立刻转身离开了。

接着，范德林太太从车里探出身子。

"梅菲尔德勋爵，梅菲尔德勋爵，"她递出一封信，"可以帮我把这个放进你的待寄邮件包里吗？我怕我带着这个进城会忘了寄。这封信已经在我包里放了好几天了。"

有些强迫症的乔治·卡林顿爵士把玩着自己的手表，打开又合上,嘴里念念有词。

"他们可真能卡着时间来。卡得这么紧。除非他们够谨慎,不然一定会误了火车——"

他的妻子不耐烦地打断了他:"哦,乔治,别小题大做了。是人家要赶火车,又不是我们!"

乔治·卡林顿不满地看了一眼自己的妻子。

劳斯莱斯渐渐驶离。

雷吉·卡林顿开着自家的莫里斯①在门前停下。

"一切就绪,爸爸。"他喊道。

仆人们把他们一家的行李陆陆续续地往外搬,雷吉装模作样地在一旁监督。

波洛也走到门外,默默地看着。

突然,他感觉到有人碰了一下自己的胳膊,紧接着就听到茱莉亚夫人压低的声音,语气有些激动。

"波洛先生,我得跟你谈谈——马上。"

他配合地跟着她走进了一间小小的晨间起居室。茱莉亚夫人关上了门,靠近波洛,道:"你刚才说……能否找到文件对梅菲尔德勋爵至关重要,这是真的吗?"

波洛好奇地看着对方。

"确实如此,夫人。"

"要是……要是你拿到了那些文件,你能否把它们还给梅菲尔德勋爵,并且一个字都不过问?"

"我好像不太明白你的意思。"

"你懂!我敢肯定你一定懂!我的意思是,如果文件能物归

---

①莫里斯(Morris)是创立于一九一〇年的英国汽车品牌,阿加莎的第一辆车就是这个牌子,她非常喜欢。

原主，能不能不追究窃贼到底是谁。"

波洛问道："文件什么时候能还回来，夫人？"

"十二小时以内肯定可以。"

"你能保证吗？"

"我保证。"

波洛没有回答，茱莉亚夫人又急切地追问道："你能保证不声张吗？"

波洛神情异常严肃地答道："是的，夫人，我向你保证。"

"那我就去办了。"

说完，茱莉亚夫人便急匆匆地出去了。没一会儿就传来汽车开走的声音。

波洛穿过大厅，沿着走廊径直往书房走去。梅菲尔德勋爵在那里。

他抬起头，看到来人是波洛，问道："怎么说？"

波洛活动了一下双手。

"结案了，梅菲尔德勋爵。"

"你说什么？"

波洛原封不动地把他和茱莉亚夫人之间的对话复述了一遍。

梅菲尔德勋爵目瞪口呆地看着他。

"可这是什么意思？我不明白。"

"事情很明朗了，不是吗？茱莉亚夫人知道是谁偷了图纸。"

"你的意思该不会是说，那个人就是她吧？"

"当然不是。茱莉亚夫人最多不过是个赌徒，但绝对不是贼。不过既然她提出归还图纸这回事，那就意味着偷东西的人不是她丈夫就是她儿子。而当时乔治·卡林顿爵士和你一起在露台上，那就剩下她儿子了。我想我现在基本可以还原出昨天晚上到底发生了什么了。昨晚茱莉亚夫人去过她儿子的房间，发现没人，所以就下楼去找，结果还是没找到。今天早上，她得知了文件失窃这件事，又听儿子解释说他昨晚回到房间后就睡了，没出去过。她知道雷吉没说实话。她很了解她的儿子，知道他不仅意志力薄弱，还非常缺钱。同时她也注意到了雷吉对范德林太太的迷恋。她一下子全明白了，是范德林太太唆使雷吉去偷图纸的。于是她决定也掺和一脚，她打算劝说雷吉交出文件，物归原主。"

"这整件事情听起来太不可思议了。"梅菲尔德勋爵大呼。

"是的，很不可思议。不过茱莉亚夫人还有所不知，而我，赫尔克里·波洛早就知道，雷吉·卡林顿昨天晚上根本没有工夫去偷图纸，因为他在和范德林夫人的女仆调情。"

"一切都是她臆想出来的！"

"一点不错。"

"所以这件事根本没结束！"

"不，已经结束了。我，赫尔克里·波洛，已经知道了真相。你不相信我吗？昨天我说我知道图纸的下落时你也不相信我。可我就是知道。图纸近在咫尺。"

"在哪里？"

"就在你的口袋里，阁下大人。"

梅菲尔德勋爵愣了一会儿，然后开口道："你清楚你在说什么吗，波洛先生？"

"是的，我很清楚。我知道我正在和一位聪颖过人的男士说话。从一开始，你这个众人皆知的近视眼坚持说看到有人从窗户溜出去的时候我就开始怀疑了。你一开始就希望大家跟着这个思路——也是最简单的思路——走下去。这是为什么呢？后来，我一个一个排除了所有人。范德林太太在楼上，乔治爵士和你一起在露台，雷吉和法国女仆在楼梯上，麦卡塔太太无辜地待在自己的房间里——她的房间就在管家隔壁，而且她睡觉打呼噜！茱莉亚夫人又对儿子的罪行深信不疑。这样一来，就只剩下两种可能性了。要么卡莱尔根本就没把文件放到桌子上，而是直接塞到了自己的口袋里——不过这并不合理，因为你说过他完全可以复印一份；要么就是——文件在你们靠近桌子前一直安然无恙地放在那里，直到你把它塞进了自己的口袋。如果是后者的话，一切就都说得通了。你坚持说看到了人影，并对卡莱尔的清白坚信不疑，以及你不欢迎我的介入。

"但有一点难住了我——动机。我对你的诚实正直深信不疑，这一点也表现在你不希望任何一个清白的人被怀疑。而图纸失窃对你的职业声誉显然是有百害而无一利的。那为什么还会发生这种不合逻辑的盗窃行为呢？最后我想明白了。问题就是你的职业危机。几年前，总理曾向全世界担保，你绝对与可疑的外国势力毫无瓜葛。假设这一说法并不完全正确，甚至留下了确切的证据——比如一封信——能证明你做过曾公开否认的事。你之所以否认可能是为了国家利益，但普通老百姓可不见得都这么想。这也就意味着，若有朝一日你手握大权，陈年旧账可能会被翻出来，毁了你。

"我怀疑那封信在某个政府机构手里，而他们想和你做笔交易——用信换取你手上的新型轰炸机图纸。不一定所有人都会接受这样的做法，但是你——接受了！你同意了。范德林太太是那个中间人，她是被安排到这里来做交接工作的。就在你承认你并没有想好引诱范德林太太的具体计划时，这一切就暴露了。因为你请她来这里的理由实在是太牵强了。

"你自导自演了这起入室盗窃案。你假装在露台上看见了贼，以便排除卡莱尔的嫌疑。其实就算他没离开过书房，窃贼也完全可以趁着卡莱尔背对窗户，在保险柜旁边做事情的时候，把窗边写字台上的图纸拿走。你就是这么干的。然后按照事先的安排，你把图纸塞进了范德林太太的化妆盒里。而范德林太太借由让你帮她寄信，把那份对你来说至关重要的信交到了你的手上。"

波洛闭上了嘴。

梅菲尔德勋爵说道："波洛先生，你说的基本上就是事情的全部了。你一定觉得我很卑鄙无耻吧。"

波洛连忙挥了挥手。

"不不，梅菲尔德勋爵。我记得我刚才已经说过了，你是一个非常聪明的人。昨天晚上我突然想到，既然你是一名技术一流的工程师，如果，你对轰炸机图纸进行了一些轻微的修改，一般人应该很难发觉，只是纳闷为什么成功不了。那个外国势力便会放弃，认定这款轰炸机是失败的设计……他们肯定会感到非常失望，这是肯定的……"

两人之间又出现了一阵沉默，接着，梅菲尔德勋爵说道："波洛先生，你真是太聪明了。我现在只希望你能相信一件事情，我是个有信仰的人，我相信我能够引领大英帝国度过即将到来的危机。要不是我忠心认为我的国家需要我，我是不会做出那些事来的——两全其美啊，要个小把戏就能让我躲过一场灾难。"

"阁下大人，"波洛接应道，"你们政客，都想要两全其美啊！"

死者的镜子

第一章

1

在一幢现代感十足的公寓里,有一间室内风格也十分现代的房间。房间里的扶手椅方方正正的,直背椅有棱有角,一张极富现代感的写字台不偏不倚地摆在窗前。写字台前坐着一个小个子老头儿,他的头是这房间里唯一不是方形的东西,圆润得像颗鸡蛋。

赫尔克里·波洛先生正在读一封信:

电台:温珀利。汉姆堡大宅
电报:汉姆堡·圣玛丽
汉姆堡·圣约翰韦斯特郡
一九三六年九月二十四日

赫尔克里·波洛先生

亲爱的先生,我这里发生了一件事情,需要进行小心特殊的处理。我对先生的大名早有耳闻,所以想把这件事情拜托给您。我有证据证明我被骗了,但是出于家庭原因，我并不想把警察牵扯进来。我现在正在试图用自己的办法去解决问题，希望您收到这封电报后马上来见我。如果收不到您的回信，我就认定您会来。不胜感激。

真诚的，

杰维斯·谢弗尼克-戈尔

赫尔克里·波洛先生的眉毛越抬越高，几乎就要钻进头发里消失不见了。

波洛舒展了一下身体。

"这个杰维斯·谢弗尼克-戈尔，到底是谁？"

他走到书架前，从上面抽出一本又大又厚的书。

谢弗尼克-戈尔，第十代杰维斯·弗朗西斯·泽维尔从男爵[1]，受封于一六九四年；前英国陆军第十七骑兵团团长；生于一八七八年五月十八日；第九代盖伊·谢弗尼克-戈尔从男爵及第八代沃林福德伯爵之次女克罗迪娅·布雷瑟顿夫人之子，一九一一年或一九一二年与弗雷德里克·阿巴斯诺特少校之女范达·伊丽莎白成婚，毕业于伊顿公学。一九一四年至一九一八年间参加第一次世界大战。兴趣爱好：旅游，野外狩猎。住址：汉姆堡·圣玛丽，韦斯特郡，朗兹广场二百一十八号。参加俱乐部：装甲部队，旅行者。

波洛略显不满地摇了摇头。片刻的恍惚之后，他回到写字台

---

[1] 从男爵（Baronet）：是对由英国君主册立世袭"从男爵爵位"的人士的称呼。从男爵爵位最先由英皇詹姆士一世于一六一一年设立，用以筹集资金。

旁边,从抽屉里取出了一沓邀请卡。

他的脸上渐渐绽放出光彩。

"棒极了!找我算是找对人了!"

2

一位公爵夫人前来迎接赫尔克里·波洛,语气浮夸到令人生厌。

"您拨冗前来了,波洛先生!哦,这真是太好了。"

"这是我的荣幸,夫人。"波洛鞠躬行礼,低声道。

在应付完包括知名外交家、著名女演员和体育明星在内的一堆重量级人物后,波洛终于见到了他到此地来要找的人——无处不在的贵宾,萨特思韦特先生[①]。

萨特思韦特先生亲切地说道:"这位亲爱的公爵夫人,她办的派对总是很合我的胃口……她太有性格了,如果你懂我的意思的话。几年前在科西嘉岛[②]时我们经常见面。"

萨特思韦特先生几乎每讲一句话都会提到他的那些朋友,听起来好像他非常享受身边有琼斯、布朗或是罗宾逊的陪伴,实情如何他却从未提及。不过如果因此就断定萨特思韦特先生是一个势利小人,也有些不公平。萨特思韦特先生对人性有着很敏锐的观察力,如果真的有"旁观者清"这回事,那么他一定最有发言权。

"我亲爱的朋友,我们真是好久没见了。我一直觉得能近距离地看到你如何在乌鸦巢里工作是种荣幸。自那以后我觉得自己

[①] 萨特思韦特先生是波洛的老朋友了,出现在《三幕悲剧》和《神秘的奎因先生》中。
[②] 科西嘉岛(Corsica):位于地中海,是法国最大的岛屿。自然风光优美,被称为"美丽岛"。

成了一个消息灵通的人。说起来,我上周才刚刚见过玛丽夫人。真迷人,像一个薰衣草香团!"

听完了一个伯爵女儿的不检点行为和一个子爵的可悲经历后,波洛终于成功把话题引到杰维斯·谢弗尼克-戈尔身上。

萨特思韦特先生立刻给出回应。

"啊,那我们就来说说这个人,既然你感兴趣!最后的准男爵——他的昵称。"

"什么?我没太明白。"

萨特思韦特先生大度地为这位外国侦探做了一番解释。

"这是个笑话,笑话。他当然不是英格兰的最后一个准男爵,不过他代表着一个时代的结束。他就是上个世纪的流行小说《厚颜无耻的男爵》里那个冒失的准男爵。往牌桌上扔多得吓人的钱,却总是能赢。"

接着,萨特思韦特先生又具体解释了一番。年轻的时候,杰维斯·谢弗尼克-戈尔驾驶帆船周游世界,他参加过极地探险队,还在赛马场上跟人决斗过。有一次为了打赌,他甚至骑着他最爱的母马爬上了一位公爵家的室内楼梯。还有一次他突然跳到舞台上,当着观众的面劫走了一位著名女演员。

他的奇闻轶事远远不止这些。

"他的家族历史悠久,"萨特思韦特先生继续说道,"盖伊·谢弗尼克参加过第一次十字军东征①。不过嘛,现在这个家族辉煌不再了。老杰维斯就是谢弗尼克-戈尔家族的最后一个人了。"

"房产呢,他的生活受影响了吗?"

---

①第一次十字军东征是一〇九六年至一〇九九年间基督教徒对于穆斯林势力扩张的一项军事行动,其后的近两百年内,第二次东征至第九次东征纷至沓来。

"一点都没有。杰维斯富得流油。他坐拥价值连城的房产、煤矿,就连秘鲁还是哪个南美国家都有他的矿。他年轻的时候凭借这些赚了不少钱。一个不可思议的幸运儿,干什么成什么。"

"那么,他现在一定一大把年纪了吧?"

"是的,可怜的老杰维斯,"萨特思韦特先生唏嘘地摇了摇头,"大多数人都会告诉你他就是个疯子。这倒是也没说错。不过他的疯癫不是那种能让人一眼就看出来的类型或是妄想症,而是极度特立独行。他是个极富创意的人。"

"但随着年龄的增长,特立独行变成了怪异?"波洛接过话头。

"是的。老杰维斯现在就是这样。"

"他是不是觉得自己特别重要?"

"当然了。我这么说吧,在杰维斯脑子里,世界是被分成两部分的:一半是谢弗尼克-戈尔家的人,另一半是其他人!"

"多么夸张的家族荣誉感!"

"是的。谢弗尼克-戈尔家族的人都是自大狂,这是他们的共性。作为家族中最小的一个,杰维斯把这一点发挥到了极致。你要是听他讲话,大概会觉得他……呃,是一个神!"

波洛若有所思地点了点头。

"是啊,我能想象得出来。我收到了一封他寄来的信。这封信很奇怪,不是请我去帮忙,而是命令我去!"

"是皇家指令。"萨特思韦特先生暗自窃笑。

"就是这个意思。在杰维斯爵士看来,我,赫尔克里·波洛,好像并不重要,是一个无所事事的人!他似乎十分确定我会抛下所有事情,像条顺从的狗一样急忙赶来——放下尊严,不计报酬,对他发出的号令感恩戴德!"

萨特思韦特先生咬着嘴唇好让自己不笑出来。他大概意识到,论及利己主义,赫尔克里·波洛和杰维斯·谢弗尼克-戈尔可谓半斤八两。

他低声说道:"当然,会不会是他的事很紧急——"

"不是!"波洛还抬起双手强调,"原本我也是这么认为的,才控制住自己!然而并不是!"

再一次高举的双手比言语更有效地表达了赫尔克里·波洛内心的愤怒。

"我懂。所以你拒绝了他?"萨特思韦特先生说。

"我还没回话呢。"波洛一字一顿地说。

"那你会拒绝吗?"

一丝奇怪的表情划过波洛的脸庞。他为难地皱起了眉头。

"要我怎么说呢?拒绝——是的,这是我的第一反应。可是我搞不明白……人有的时候会有一种感觉。总之,我好像闻到了鱼腥味……"

萨特思韦特先生没有体会到最后那句话里的幽默。

"哦?"他说,"有意思……"

"在我看来,"赫尔克里·波洛继续道,"你刚刚描述的那个人很有可能十分脆弱。"

"十分脆弱?"一下子没有反应过来的萨特思韦特先生不禁质问,毕竟他是怎么都不会把这个词和杰维斯·谢弗尼克-戈尔联系到一起的。不过他是个善于察言观色、理解能力很强的人。他立刻不紧不慢地补充道:"我想我明白你的意思。"

"这个人全副武装,但包裹全身的并不是盔甲——他有自己的盔甲!十字军战士的盔甲和他的相比都不值一提——这是一副由骄傲、自大和自尊心织就的盔甲。这副盔甲确实能保护他免受到日常那些刀枪的伤害。但它也很危险，因为一旦习惯了盔甲的保护，有时可能会意识不到受到了攻击。他会变得后知后觉——听不见、看不见，最后感觉不到。"

波洛顿了顿，接着换了一种口气问道："这位杰维斯爵士家里都有些什么人？"

"范达，他的妻子。范达是阿巴斯诺特家族的人，长得很美。虽然上了些年纪，却风韵犹存。她全心全意地爱着杰维斯。我总觉得她神神道道的。身上佩戴着护身符和圣甲虫①，弄得像是埃及皇后转世……还有露丝，他们的养女，一个打扮现代的迷人姑娘。就这些了。哦，他还有个外甥，叫雨果·特伦特，是帕梅拉·谢弗尼克-戈尔和雷吉·特伦特的独生子。雨果·特伦特的父母都去世了。他不能继承爵位，但在我看来，杰维斯的大部分钱财最终都会跑到他那里去。小伙子长得不错，是皇家禁卫骑兵队的一员。"

波洛若有所思地点了点头，接着问道："没有儿子来继承爵位，杰维斯爵士有没有觉得很遗憾？"

"我敢说他为此心都碎了。"

"他非常看重自己的家族吧？"

"是的。"

萨特思韦特先生没有再说什么，他好像陷入了沉思。过了一会儿，他再次开口道："现在你有充分的理由去汉姆堡大宅了吧？"

波洛慢慢地摇了摇头。

"不，我没看出有什么必须去的理由。但我想，我还是会去的。"

---

① 一种古埃及的象征符号，也指被雕刻成圣甲虫样的物品。

第二章

火车向着英格兰乡村飞驰,正在头等车厢角落里沉思的赫尔克里·波洛从口袋里掏出一张折得整整齐齐的电报读了起来:

四点三十分从圣潘克拉斯[①]出发,告诉列车员在温珀利停车。

谢弗尼克-戈尔

波洛重新把电报折好,放回了口袋。

列车员一路上都表现得毕恭毕敬。您是要去汉姆堡大宅吗?肯定是了,杰维斯·谢弗尼克-戈尔爵士的客人才会要求在温珀利下车。

"我认为这是一项特别的权利,先生。"

波洛上车后,列车员就往他的包厢跑了两次——第一次是告诉他这间包厢不会再有别的乘客进来了,第二次是通知他列车晚点了十分钟。

时刻表显示列车七点五十分就该进站了,不过实际上波洛踏

[①]圣潘克拉斯(St. Pancras):位于伦敦圣潘克拉斯地区的一座大型铁路车站,坐落在大英图书馆和国王十字车站之间。

上这个乡间小车站时已经八点过两分了。月台上，波洛塞了半克朗[1]给刚才那个殷勤的列车员。

车头传来汽笛声，不久前才刚刚驶进月台的北方快车又渐渐远去了。这时，一位身穿深绿色制服的司机向站在月台上的波洛快步走来。

"是波洛先生吧？去汉姆堡大宅？"

他拎起波洛漂亮的小手提箱，带领他走出车站。一辆豪华的劳斯莱斯轿车等在门口。司机扶着车门让波洛坐进去，又往他的腿上盖了一条华贵的毛皮毯子。这才开车离开。

在起起伏伏、弯弯曲曲的乡间公路上行驶了大概十分钟，车子拐进了一扇两侧矗立着狮鹫[2]石像的大门。

穿过一个花园，车子向大房子驶去。车子还未停稳，房门就开了，一位仪表堂堂的男管家走出了门。

"您是波洛先生吧？这边请，先生。"

男管家引着波洛穿过大厅，然后推开了右边的一扇门。

"波洛先生到了。"男管家在门口喊道。

房间里聚满了身穿晚礼服的人，波洛一走进去就发现自己的出现出乎大家的预料。众人都看向他，眼神中带着明显的惊讶。

接着，一位头发花白的高个子女人略显迟疑地向他走来。

波洛弯腰致意。

"不好意思，夫人，我的火车晚点了。"

"不必在意。"谢弗尼克－戈尔夫人迷茫地应道，依旧满眼疑惑地盯着来访者，"不必在意，呃……先生……我刚才没听清楚……"

---
[1]英国银币名，值二先令六便士。
[2]希腊神话中的狮身鹰首兽。

"赫尔克里·波洛。"波洛口齿清晰地报上了自己的名字。

话一出口,波洛便清楚地听到自己身后有人猛地吸了一口气。

同时他立刻意识到自己来见的人并不在这里。

波洛轻声说道:"夫人,您事先知道我要来吧?"

"哦……哦,是的……"她的语气出卖了她,"我想——我的意思是我当然知道,只是我这个人实在是太没用了,波洛先生,我什么都记不住。"说着她还真带了一丝幽怨,"别人告诉我的事情我好像是记住了,但实际上都是左耳朵进右耳朵出!什么都没留在脑子里!就好像从来都没发生过一样。"

说完,她好像突然想起了什么,略显刻意地环顾了一下四周,低声说:"我想在座的各位你应该都认识吧。"

很明显波洛不认识,谢弗尼克-戈尔夫人这么说只是想逃避麻烦的介绍过程,同时避免认错人。

终于完成了这项艰难的任务后,她又补充了一句:"这是我女儿,露丝。"

站在波洛面前的这个姑娘和她母亲一样身材高挑、有着深色皮肤,但两人又是截然不同的两种风格。与五官扁平、轮廓圆润的谢弗尼克-戈尔夫人相比,露丝的鹰钩鼻十分突出,下巴线条也更鲜明。她的一头黑卷发梳到脑后,光亮的皮肤透出淡淡的红晕,根本不需要化妆。赫尔克里·波洛觉得这是他所见过的最可人的姑娘之一。

波洛还看出这姑娘不仅美丽,还很聪明,并猜测她的傲气和脾气应该也不小。她说话时的声音,微微拖长的尾音,都让波洛的心随之一颤。

"好兴奋,"露丝说,"赫尔克里·波洛先生竟然来我家了!

我猜这是爸爸给我们准备的小惊喜吧。"

"这么说你事先并不知道我要来,对吗,小姐?"波洛急忙问道。

"完全不知道。这样一来,我就要等到晚饭后才能请您在我的签名簿上签名了。"

这时外面传来铃声,接着男管家出现在门口,宣布道:"可以用晚餐了。"

不过还没完整地说完"晚餐"这两个字,非常奇怪的一幕发生了。这位平日里训练有素的男管家一下子怔在了原地,像是被什么吓到了……

变化仅发生在一瞬,他很快就又恢复了男管家的面孔,速度快到如果你不是一直盯着他看就完全意识不到。但波洛恰好一直在看他。他不由得感到好奇。

男管家迟疑地站在走廊里。尽管他的表情恢复了常态,周身弥漫的紧张气氛却没有散去。

谢弗尼克－戈尔夫人犹豫地说道:"哦,我的天哪……没有比这更反常的了。真的,我——没人知道该怎么办吧。"

露丝对波洛说道:"波洛先生,这都是因为我的父亲。这是他至少二十年来第一次没有按时来吃晚餐。"

"这太反常了——"谢弗尼克－戈尔夫人失声大叫,"杰维斯从来都不——"

一位军人般气度不凡的长者走到谢弗尼克－戈尔夫人身边,慈眉善目地笑着说:"好一个老杰维斯!最终还是迟到了!我敢保证他会因为这件事一直被我们唠叨。我觉得是找不到领扣了,你觉得呢?还是说这些事根本不会发生在杰维斯身上?"

谢弗尼克－戈尔夫人声音低沉地说道:"可是杰维斯从来没

有迟到过。"她显得很困惑。

说起来有些荒唐可笑,刚才震惊的一瞬竟源于这件小事。但对赫尔克里·波洛来说,这一点都不荒唐可笑……他从恐慌中感受到了不安——或许还有恐惧。更何况他早就觉得杰维斯·谢弗尼克-戈尔迟迟都没有出来见他秘密召唤来的客人这一举动实在是有些说不过去。

很显然,在场的所有人中没有一个知道该如何处理这史无前例的情形。

最终,谢弗尼克-戈尔夫人采取了主动——如果这也能称为主动的话。当然了,她的语气显露出她内心极大的犹疑。

她说:"斯内尔,你的主人——"

她没有把话说完,只是用期待的眼神望着男管家。

斯内尔明显很熟悉女主人探寻的眼神,马上给出了回应。

"杰维斯爵士七点五十五分下楼来,然后直接去了书房。"

"哦,这样——"夫人张着嘴,眼神空洞,"你觉得——我的意思是——他能听到晚餐的锣声吗?"

"我想他肯定能听到,夫人,铜锣就在书房门外。不过我不知道杰维斯爵士是不是还在书房,我要直接去书房通知他吗,需要我现在去吗,夫人?"

谢弗尼克-戈尔夫人明显松了一口气。

"哦,谢谢你,斯内尔。是的,当然。请你现在就去。"

管家离开了。

"斯内尔真是太难得了。我什么都得靠他。我不知道如果没有他我该怎么办。"

人群中有人会意地低声表示赞同,但没有一个人说话。赫尔克里·波洛看着屋里突然同时关注同一点的人群,意识到大家都很紧张。他一边快速地扫视着大家,一边把他们的特征粗略地存在脑海里。有两位长者,一位就是刚才说话的那个军人模样的人,另一位很瘦、头发灰白、双唇紧闭。有两个风格迥异的年轻人。一个蓄着小胡子,看上去有点趾高气扬,应该就是杰维斯爵士的外甥、皇家禁卫骑兵队的一员;另一个梳着顺滑的大背头,相貌英俊,打扮时髦,但社会地位应该不高。此外还有一位戴着夹鼻眼镜、看上去很睿智的小个子中年妇女,以及一位有一头红色秀发的姑娘。

斯内尔重新姿态得体地出现在门口。但在无情的管家面具下,再次浮现出了一丝焦虑。

"不好意思,夫人,书房的门是锁着的。"

"锁了?"

说话的是个男人,声音年轻有活力,带着一丝激动。是那个长得挺好看、梳着光泽的大背头的年轻人。

他很着急地继续道:"要不要我去看看?"

"来吧,我们一起去书房看看。"波洛马上给出回应。他说得那么自然,以至于在场众人没人觉得他这个刚刚加入的陌生人突然掌控局面有什么不妥。

波洛又对斯内尔说道:"你带路。"

斯内尔没有反对。波洛紧跟在他身后,接着所有人像一群羊似的都跟了过去。

斯内尔带着众人穿过大厅和错综复杂的楼梯,走过一座庞大的落地大摆钟和一处放着锣的壁龛,然后沿着一条狭窄的走廊来到一扇门前(见图一)。

波洛走上前,轻轻地压了一下门把手。把手能动,但是门打不开。于是波洛用手叩门,越敲越大声。接着他突然跪下来,凑

图一

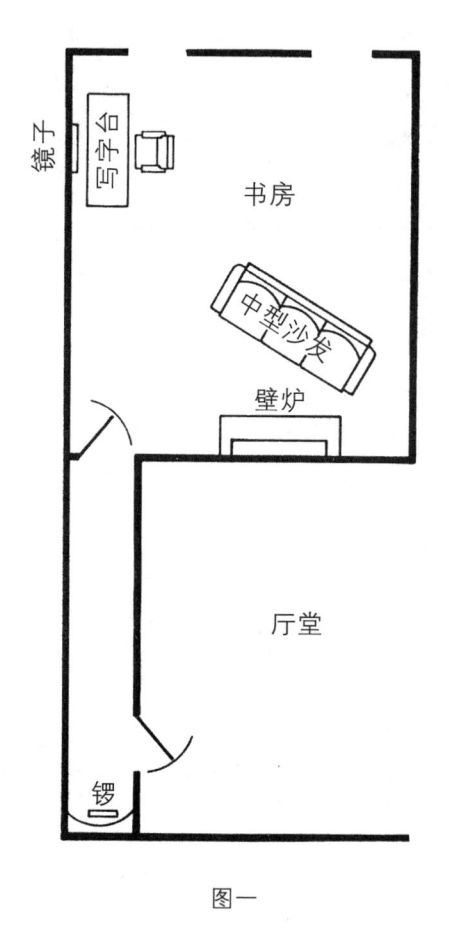

近钥匙孔往里张望。

波洛缓缓站起身，环顾四周，神情严肃。

"先生们！我们得赶紧破门进去！"

在他的指挥下，两个身材高大、肌肉结实的小伙子一起朝房门撞去。汉姆堡大宅的大门十分厚重，这项任务并不轻松。

不过最终还是成功了，伴随着木头碎裂的声音，门向内倒下。

门被撞开的那一刻，走廊上的所有人都傻站着，挤在门边往里看。房间里灯火通明，左边贴墙摆着一张宽大的桃花心木写字台，写字台前的椅子上歪歪地坐着一个大个子，头和上半身顺着椅子的右侧垂了下来，右胳膊也无力地垂着。手指指向的地面上有一把小手枪，闪着冷冷的光……

不用怀疑，毫无争议，杰维斯·谢弗尼克－戈尔对着自己开了一枪。

第三章

众人站在门边,看着屋里的情形愣了一阵子,直到波洛走进了屋子。

同时,雨果·特伦特直截了当地说:"老天爷,老家伙自杀了!"

接着,谢弗尼克-戈尔夫人发出一声呻吟,声音颤抖,久久不停。

"哦,杰维斯——杰维斯!"

波洛侧过头,冷冷地说道:"带谢弗尼克-戈尔夫人离开。她在这里帮不上忙。"

那个年纪稍长的军人般的男人马上照做,他说:"来吧,范达,亲爱的,你在这儿没什么用。事情已经发生了。露丝,过来看着你妈妈。"

但露丝·谢弗尼克-戈尔已经走进房间,站在波洛身旁,正弯腰审视椅子上那个扭曲的人——一个蓄着北欧海盗式样的胡子、身形如赫拉克勒斯般的男人。

"你确定他已经——死了吗?"露丝强忍着好奇,低声问道,但仍难掩语气中的紧张。

波洛抬起头。

这个姑娘脸上的表情让他感到不解——虽然她努力控制，但仍十分明显。不是悲伤，而更像是恐惧和激动。

那位戴着夹鼻眼镜的夫人低声说："亲爱的，你母亲——你不觉得——"

而红发女孩突然略显歇斯底里地高声叫道："原来刚才那不是汽车回火的声音，也不是开香槟的声音！那是……"

波洛转过身，面向众人说道："谁去联系一下警察——"

露丝·谢弗尼克-戈尔粗暴地打断他，道："不！"

长着一张律师脸的长者说道："怕是躲不过。伯罗斯，你去吧，可以吗？雨果——"

"你就是雨果·特伦特先生？"波洛看着那个蓄着胡子的高个子年轻人，"我看我们两个人留下来就够了。"

波洛的话再次发挥了作用。律师把众人打发出了房间，只留下波洛和雨果·特伦特两人。

雨果盯着波洛，问道："我说……你到底是谁？因为我完全不认识你。你来这里干什么？"

波洛从口袋里掏出一个名片盒，从里面抽出一张递了过去。

雨果·特伦特望着手里的名片，说道："私人侦探——嗯？我的确听说过你……但我还是不明白你为什么会在这里。"

"你不知道你舅舅——他是你舅舅吧？"

雨果飞快地瞥了一眼尸体。

"老家伙？是的，他是我舅舅，没错。"

"你不知道他找我过来？"

雨果摇了摇头，缓缓说道："完全不知道。"

他的语气里透出一种不可名状的情绪，表情木然，显得有点呆傻。波洛暗想，这样的表情正是掩饰压力的最好面具。

波洛轻声说道:"这里属于韦斯特郡,没错吧?我跟你们的警察局局长里德尔上校很熟。"

雨果道:"里德尔住的地方离这里差不多半英里,他可以一个人过来。"

"那可真是太方便了。"波洛说着,轻轻地在房间里踱起了步子。他拉开窗帘,轻手轻脚地检查了一下落地窗。窗户锁着。

写字台后面的墙上挂着一面镜子,镜面碎了。波洛弯下腰,捡起一样东西。

"那是什么?"雨果·特伦特问道。

"子弹。"

"是子弹穿透了他的头,然后打到了镜子上面?"

"看上去是的。"

波洛又小心翼翼地把子弹放回到原位。接着他走到写字台前,看到上面堆着几沓理得整整齐齐的文件。吸墨台上的活页纸最上面一张上写着一个词"对不起",字母均大写,字迹潦草。

雨果说:"这肯定是他——那什么之前写的。"

波洛若有所思地点了点头。

他又看了看那面破碎的镜子,接着又看向那具尸体,眉头困惑地皱了皱。他走到房门边,看了看挂在门上已被撞坏的锁。钥匙没插在锁里,当然了,否则他刚才也无法通过锁眼看到房间里的情况了。地上也没有钥匙,于是波洛又回到尸体旁边,弯下腰搜了搜。

"哦,钥匙在他口袋里。"

雨果拿出香烟盒,点了支烟,声音嘶哑地说:"很明显,我舅舅先把自己锁在房间里,然后留下那张字迹潦草的字条,就开枪自尽了。"

波洛若有所思地点了点头。

雨果接着说道:"不过我搞不懂他为什么叫你来。是为了什么?"

"这恐怕很难解释。警方还没到,特伦特先生,你不妨给我介绍一下今晚来这里的这些人吧?"

"介绍?"雨果显得非常心不在焉,"哦,好啊,没问题。不好意思,我们坐下来说好吗?"雨果指了指距离尸体最远的角落里的沙发。

"有范达,也就是我舅妈。还有露丝,我表姐。这两个人你都认识了吧。另一个姑娘叫苏珊·卡德韦尔,她也住这里。伯里少校,我们家族的老朋友了。福布斯先生,也是老朋友,以及我家的家族律师。我的范达舅妈年轻的时候,这两个男人都狂热地爱着她,现在他们也还保持着不求回报的真诚关系。很荒唐,但也确实动人。再有就是戈弗雷·伯罗斯,老家伙的——我是说我舅舅——的秘书,还有林加德小姐,她来这里是为了帮老家伙写一本谢弗尼克-戈尔家族史。她负责搜集资料。我想就这些人了。"

波洛点了点头,接着说道:"你们都听到那声枪响了对吧,让你舅舅丧命的枪声?"

"是的,都听到了。还以为是开香槟的声音呢——至少我是这么想的。苏珊和林加德小姐认为是外面有汽车回火了,马路离得不太远,你知道的。"

"什么时候听到的?"

"哦,大概八点十分吧。斯内尔第一次敲锣的时候。"

"那你们是在哪里听到的?"

"在客厅里。我们……我们当时为此大笑不止,争论不休——争论到底那声音是从哪儿传来的。我说是从餐厅传出来的,苏珊说是休息室那边,林加德小姐说听起来像是楼上,斯内尔说是外面马路上的声音,通过楼上窗户传进来的。苏珊还说:'还有别的看法吗?'然后我大笑着说谋杀也是有可能的!现在想想真是让人毛骨悚然。"

雨果的脸因紧张而抽搐了一下。

"你们当中没有一个人想到杰维斯爵士可能会自杀吗?"

"没有,当然没有。"

"说实话,你能想到他自杀的原因吗?"

雨果缓缓应道:"哦,这个,我想我不该说……"

"你知道为什么?"

"是的……哦……这个解释起来有点难。我确实没想到他会自杀,不过他这么做了我倒也不觉得惊讶。我舅舅他其实精神有问题。波洛先生,这是众人皆知的。"

"你觉得这个说法站得住脚吗?"

"这个嘛,人在神志不清的时候的确会朝自己开枪。"

"这个解释还真是言简意赅。"

雨果没有回应。

波洛站起身,又漫无目的地在房间里兜起圈子。房间里的家具都很舒服,多为维多利亚风格[①]——超大的书柜、大扶手椅,还有几件纯正的齐彭代尔式[②]直背椅。小装饰品不多,只有几件青铜器,摆放在壁炉架上。波洛看到它们时眼睛一亮,目光中带着羡慕。他小心翼翼地逐一把物件拿起来,仔细把玩一阵后

[①] 此风格形成于十九世纪,主要特点是色彩绚丽、对比强烈,体现出豪华之风。
[②] 英国十八世纪的一种家具设计风格。以弯曲式家具腿、球状腿脚和华丽椅背为特色,融合了哥特式、中国式和洛可可式细节。齐彭代尔设计的家具在他所处时代的贵族阶级中非常盛行,从而在历史上确立了不朽的名声。

才又小心翼翼地放下。看到最左边那件时,他发觉指甲碰到了什么东西。

"那是什么?"雨果不甚关心地问了一句。

"没什么。一小块镜子的碎片。"

雨果说:"子弹竟然把镜子给打碎了,这可真巧,破镜子象征着厄运。杰维斯这个可怜的老家伙……我看他也该走霉运了。"

"你舅舅一直很走运吗?"

雨果轻笑一声。

"怎么会这么问,他的好运谁人不知!他似乎拥有点石成金的本领!只要他出手,转败为胜都不是难事!只要有他投资,没人敢开采的矿山会马上收获累累!即便身陷最危险的处境,他也总是能出人意料地脱险。他能活到今天可以说是很多个奇迹造就的。跟他的同龄人比起来,他这辈子活得就像是个'周游列国、看尽风土人情'的大男孩。"

波洛好奇地低声问道:"你很崇敬你舅舅,对吗,特伦特先生?"

雨果·特伦特似乎被这个问题吓到了。

"哦……呃……是的,当然了。"他似乎非常犹豫,"要知道,他这个人有时候很难相处。跟他生活在一起简直紧张得吓人,幸好我不常见他。"

"他喜欢你吗?"

"谁都知道他不喜欢我!可以这么说,他非常讨厌我。"

"为什么会这样,特伦特先生?"

"这个嘛,你看,他自己没有儿子——这简直要了他的命。他十分热衷于家庭以及与之相关的一切。而他的死亡就意味着整个谢弗尼克-戈尔家族的消亡,我认为这一点是他的痛处。要知道这个家族可是自诺曼底战争那会儿就存在了。老家伙是这个家族的最后一个人,我猜这一定令他非常难过。"

"但你并不觉得遗憾?"

雨果耸了耸肩。

"在我看来这些事情都是老掉牙的东西了。"

"今后这座大宅会怎样?"

"不太清楚。可能会归我吧。也可能他把它留给了露丝。范达大概会一辈子住在这里。"

"你舅舅从没透露过他的想法吗?"

"他有些小心思。"

"什么意思?"

"他的想法就是我和露丝应该结婚。"

"这确实非常合适。"

"相当合适。只不过露丝她——她有明确的生活目标。你也看到了,她是一位非常迷人的姑娘,她自己也知道这一点。她根本不急着过上婚后的稳定生活。"

波洛往前凑了凑,问道:"但你很想,对吗,特伦特先生?"

雨果不耐烦地说道:"我认为这年头和谁结婚都一样,离婚太容易了。要是你觉得过不下去了,再没有比快刀斩乱麻、重新开始更省事的解决办法了。"

说话间,福布斯带着一位外表整洁的高个子男人推门走了进来。

高个子男人一进门就冲雨果点头致意。

"雨果,你好,我对此事深表歉意。这对你们来说真是太残忍了。"

赫尔克里·波洛走上前。

"里德尔上校,你好吗?还记得我吗?"

"记得,当然。"警察局长上前来握了握手,"这么说你也在场?"

他的语气中带着一种沉思的意味,并好奇地瞥了波洛一眼。

第四章

二十分钟后。

"怎么样?"警察局长里德尔上校开口问道。

身材瘦削、头发花白、有些年纪的法医耸了耸肩。

"死亡超过半小时,但还不到一个小时。我知道你不想听专业名词,所以我干脆说得直白一些。射击时枪口仅仅距离右太阳穴几英寸,子弹射入死者的脑袋,又从另一侧钻了出来。"

"说是自杀说得通吧?"

"哦,简直是自杀的标准手法。被子弹击中后尸体滑落椅子,死者手里的枪跟着掉在了地上。"

"你找到子弹了吗?"

"这里。"医生拿起子弹。

"很好,"里德尔上校说,"等下拿去和手枪型号做个比对。这案子十分清晰,没什么复杂的,感谢上帝。"

"医生,您确定没有任何难以理解的地方吗?"赫尔克里·波洛轻声问道。

医生迟疑地回答:"这个嘛,有一处确实有些蹊跷。他朝自己开枪的时候一定是往右边靠了一下,不然的话,子弹击中的应该是镜子下面的墙壁而不是镜子中央。"

"可是那个姿势自杀应该很不舒服啊。"波洛说道。

"哦,这个……舒服……你都打算死了……"法医耸了耸肩,没把话说完。

"可以把尸体运走了吗?"里德尔上校问。

"哦,当然。我的工作已经完成了。"

"你呢?"里德尔上校对一个面无表情的高个子便衣男子说。

"都做好了,先生。证物全部搜集好了。手枪上只有死者的指纹。"

"那你可以继续了。"

杰维斯·谢弗尼克-戈尔的尸体被搬出了房间,警察局长和波洛也跟着走了出去。

"呃,"里德尔先开了口,"这件事看起来还是很明朗的。门锁着、窗户闩着,钥匙就在死者的口袋里。没有任何破绽,除了一个地方。"

"你指什么,我的朋友?"波洛立刻追问。

"就是你!"里德尔毫不掩饰,"你来这里干什么?"

波洛一边解释,一边把杰维斯一周前寄给他的信和那封最终让他决定前来的电报交到对方的手上。

"哇哦,"警察局长接过信件,"有意思。我们得深入查查了。我敢说这一定和他的自杀有关。"

"我同意。"

"我们得先查一查都有什么人在这幢房子里。"

"我能告诉你他们都是谁。我刚刚问过特伦特先生。"

接着波洛把所有人的名字重复了一遍。

"里德尔上校,你会不会恰好认识其中的某些人?"

"当然,我认识其中几个。谢弗尼克-戈尔夫人也有点精神问题，跟老杰维斯爵士差不多。他们两个对彼此都很忠心——也都一样疯。她是这世上最让人搞不明白的人了，偶尔清醒得不像话，神秘兮兮的，吓得别人惊讶不已。人们总是嘲笑她。我相信她也知道别人怎么看她，只是不在意。她一点幽默感都没有。"

"据我所知，谢弗尼克-戈尔小姐是他们收养的，是吗？"

"是的。"

"一个相当迷人的年轻姑娘。"

"她的魅力十分可怕。把周围的大多数年轻人玩得团团转。她先是引诱他们，然后马上变脸，转而嘲笑他们。情场老手了。"

"你说的这些和我们现在讨论的事没什么关系吧。"

"呃……确实，也许吧……再说说其他人。我认识老伯里，他是这里的常客，就像是这户人家养的一只性情温顺的猫。他好像对谢弗尼克-戈尔夫人有点意思。他是老朋友了，是这家人的旧相识。我还知道，他手上的公司和杰维斯爵士有点什么瓜葛。"

"奥斯瓦德·福布斯呢，你对他了解多少？"

"我想我应该只见过他一次。"

"林加德小姐呢？"

"从没听说过。"

"苏珊·卡德韦尔小姐？"

"那个红头发的美女？这几天她都和露丝·谢弗尼克-戈尔在一起。"

"伯罗斯先生呢？"

"我认识他。谢弗尼克-戈尔的秘书。私下说说，我不怎么喜欢他。他就是仗着自己长相英俊，但出身绝不是什么名门望族。"

"他跟着杰维斯爵士很久了吗？"

"我猜大概有两年了。"

"秘书就他——"波洛猛地停下话头。

一个穿着休闲西服的高个子金发男人神色慌张、上气不接下气地冲了进来。

"晚上好，里德尔上校。我一听说杰维斯爵士自杀，就赶紧过来。斯内尔跟我说那是真的。简直太不可思议了！我无法相信！"

"确实是真的，莱克。让我来介绍一下。这是莱克上尉，杰维斯爵士的地产代理人。这位是赫尔克里·波洛，想必你听说过他的大名。"

莱克的脸上闪过一丝兴奋的好奇。

"赫尔克里·波洛先生？见到您真是我莫大的荣幸。至少——"他说到一半突然停下，脸上闪过的明媚笑容也消失无踪，他看上去十分焦虑、不安，"他的自杀……呃……没什么可疑的吧，先生？"

"为什么会有'可疑'的事？"里德尔上校犀利地反问。

"我的意思是，这件事都惊动波洛先生了啊。哦，而且太让人难以置信了！"

"不，不是的，"波洛立刻回应，"我不是因为杰维斯爵士的死而前来的。我早就来了——作为客人被邀请来的。"

"哦，是这样。真有趣，我今天下午过来跟他核对账目的时候他都没跟我提过你要来。"

波洛平静地问道："莱克上尉，你说了两次'难以置信'这个词，是因为杰维斯爵士自杀这件事确实让你大吃一惊吗？"

"是的，我没想到。不过他一直疯疯癫癫的，大家都知道。但我就是想不通，他是个非常以自我为中心的人，怎么会抛弃这个世界？"

"有道理。"波洛一边说一边赞赏地看着眼前这个坦率而睿智的年轻人。

里德尔上校清了清嗓子。

"莱克上尉，你既然已经来了，能否干脆坐下来回答几个问题？"

"当然可以，先生。"

莱克给自己搬了把椅子，坐在另外两个人的对面。

"你最后一次看到杰维斯爵士是什么时候？"

"就今天下午，快三点的时候。我们一起核对了一些账目，还讨论了一下农场的新租客。"

"你们在一起待了多久？"

"半个小时左右吧。"

"仔细回想一下，他的言行中有什么不对劲的地方吗？"

年轻人想了想，说道："没有，我不觉得他有什么反常。他可能稍微有点兴奋，不过这对他而言不算反常。"

"他有没有表现出有心事？"

"哦，没有，他看起来好得很。他最近都很兴奋，因为正在编写家族史。"

"他是什么时候开始写的？"

"大约半年前。"

"林加德小姐就是那个时候住进来的吗？"

"不，她是两个月前来的。因为杰维斯爵士发现他一个人没法完成所有的资料收集工作。"

"而你认为他非常享受其中？"

"哦，可以说非常享受！在他的心目中，任何事情都没有他的家族重要。"

年轻人说这话时隐约有些讽刺的语气。

"那么,据你所知,杰维斯爵士他有没有什么烦恼?"

莱克上尉略微迟疑了一下——非常不易察觉,然后回答道:"没有。"

波洛突然追问道:"你觉得杰维斯爵士就一点都不担心他的女儿吗?"

"他女儿?"

"是的。"

"据我所知他没有。"年轻人语气生硬。

波洛没有再问。里德尔上校接过话头。

"好了,谢谢你,莱克。不过希望你留在这里,以防我们还有问题要问你。"

"当然可以,先生,"莱克站起身,"还有什么我能做的?"

"麻烦你去把管家叫来。可以的话,还请你去看看谢弗尼克-戈尔夫人怎么样了。我想尽快跟她聊两句,不过不知道她会不会情绪太糟。"

莱克点了点头,迈着坚定又敏捷的脚步离开了房间。

"性格真不错。"赫尔克里·波洛说。

"是的,他人很好,工作也做得不错。大家都喜欢他。"

第五章

"请坐,斯内尔。"里德尔上校友善地说,"我有好多问题要问你。你被吓得不轻吧?"

"哦,是啊先生。谢谢你,先生。"斯内尔小心地坐到了椅子上,举止依旧谨慎。

"你在这里做了很久了吧?"

"十六年了,先生。可以说自从杰维斯爵士……呃……生前的他决定安顿下来开始。"

"啊,是啊,你的主人在那个时代是以旅行家著称的。"

"是的,先生。他参加过极地探险队,还去过很多有意思的地方。"

"好的,斯内尔,能告诉我你今晚最后一次看到你主人是什么时候吗?"

"先生,当时我在餐厅里看晚餐是否准备妥当了,餐厅开向大厅的门是开着的,我看到杰维斯爵士从楼上走下来,穿过大厅,沿着走廊去了书房。"

"那时候是几点?"

"快八点。差不多是差五分钟八点的时候。"

"这就是你最后一次看见他吗?"

"是的,先生。"

"你听到枪声了吗?"

"哦,是的,先生,听到了。不过当然了,那时候我并不知道那是什么声音——怎么可能知道呢?"

"那你当时以为是什么?"

"我以为是汽车,先生。这幢房子离马路不远。或者是树林那边传来的枪声——偷猎者之类的。反正我没想到——"

里德尔上校打断了他。

"那是什么时候?"

"八点零八分,先生。"

里德尔上校不客气地问:"这么精确?"

"这很简单,先生。那时我刚第一次敲响锣。"

"第一次敲锣?"

"是的,先生。杰维斯爵士要求我在敲响正式的晚餐锣之前七分钟先敲一次锣。他是个十分注重细节的人,这样一来,正式用餐锣敲响时,客厅里的所有人就都准备好了。我敲完第二次锣之后就赶到了客厅,告诉大家晚餐准备好了,大家就都过去了。"

"我明白了,"赫尔克里·波洛说,"难怪你今天晚上通知大家可以吃晚餐的时候看上去那么惊慌。是不是杰维斯爵士一般那个时候都在客厅等着?"

"我从没见他缺席过,先生。我当时吓了一跳。甚至想到——"

里德尔上校再一次打断了他。

"其他人一般会准时出现吗?"

斯内尔清了清嗓子,说道:"先生,晚餐迟到的人,就别想再来做客了。"

"哦，够狠的。"

"杰维斯爵士聘请的厨师以前是伺候摩拉维亚[①]君主的，先生，那个人曾说晚餐的重要性堪比一项宗教仪式。"

"那他的家人呢？"

"谢弗尼克-戈尔夫人总是竭尽所能地取悦他，先生，就连露丝小姐也不敢在晚餐时迟到。"

"有意思。"赫尔克里·波洛低声说道。

"明白了。"里德尔说，"也就是说晚餐是八点十五分开始，于是你像平常一样，在八点零八分敲响了第一次锣，对吗？"

"是这样的，先生——不过这次也和平时有点不一样。平时都是八点钟开饭的。今天是杰维斯爵士要求晚餐晚十五分钟，因为他要等一位乘晚班火车来的绅士。"

斯内尔说完，冲着波洛微微鞠了一躬。

"你主人往书房走的时候，有没有看上去有点焦虑不安？"

"这我说不好，先生。我当时离得太远了，看不清楚他的表情。我只是看见他走过去而已。"

"就他一个人待在书房里吗？"

"是的，先生。"

"之后有没有人去找他？"

"这我说不好，先生。后来我就去了餐具室，一直在那里待到要出来敲八点零八分那一次锣。"

"你就是那时听到枪声的？"

"是的，先生。"

波洛轻声插嘴问道："我想，应该还有其他人也听到枪声了

[①]摩拉维亚(Moravia)：即大摩拉维亚帝国，成型于公元八三三年，公元九〇七年随马札儿人的入侵而没落。现为捷克东部的一个地区。

吧?"

"是的,先生。雨果先生、卡德韦尔小姐和林加德小姐都听到了。"

"这几个人当时也在大厅里吗?"

"林加德小姐刚从客厅走出来,卡德韦尔小姐和雨果先生则刚刚下楼。"

"当时没人议论那个声音吗?"波洛又问。

"有,先生,雨果先生问晚餐是不是有香槟。我跟他说晚餐的餐酒是雪利酒、霍克和勃艮第。"

"他以为那是香槟的软木塞飞出来的声音?"

"是的,先生。"

"但没人把他的话当回事吧?"

"是的,没有,先生。然后他们就都说说笑笑地进了客厅。"

"家里的其他人呢?"

"我不知道,先生。"

里德尔上校举起一把手枪,问道:"你认得这把手枪吗?"

"哦,认得,先生,是杰维斯爵士的。一直放在书桌的抽屉里。"

"里面一直有子弹吗?"

"我不知道,先生。"

里德尔上校放下枪,清了清嗓子。

"斯内尔,接下来我要问你一个很重要的问题,我希望你能如实回答。你能想到什么可能会导致你主人自杀的原因吗?"

"这我一无所知,先生,什么都不知道。"

"杰维斯爵士最近有没有表现得有些古怪,比如抑郁或者焦虑?"

斯内尔抱歉地咳嗽了一下。

"恕我直言,先生,在陌生人看来,杰维斯爵士本来就有些古怪。但实际上他就是个再正常不过的绅士,先生。"

"是的、是的,我已经注意到这一点了。"

"先生,外人通常是无法理解杰维斯爵士的。"

斯内尔刻意加重了语气。

"我明白、我明白。在你看来,他也没有一丁点不正常吗?"

这位管家迟疑了一下。

"我觉得,先生,杰维斯爵士应该在担心什么事情。"最终他这么说道。

"焦虑且抑郁?"

"抑郁倒是没有,先生。但是焦虑,是的。"

"你知道他在担心什么吗?"

"不知道,先生。"

"比如说,是不是和某个人有关?"

"我真的不知道,先生。毕竟这只是我的个人感觉而已。"

"你完全没想到他会自杀吧?"波洛又一次发问。

"无论如何也想不到,先生。这对我来说是个巨大的打击,我连做梦都想不到会发生这样的事情。"

波洛若有所思地点了点头。

里德尔看了一眼波洛,然后问斯内尔:"好了,斯内尔,我们要问的就是这些了。你确定没有什么要告诉我们的了吗——比如,前几天有没有发生什么特殊的事故?"

管家站起来,摇了摇头。

"没有,先生,什么都没发生。"

"那你可以走了。"

"谢谢你,先生。"

斯内尔走到门口时往后退了几步,站在一旁。只见身着一袭富有东方韵味的橙紫色相间丝质紧身连衣裙的谢弗尼克-戈尔夫人走了进来。她脸色平静,姿态优雅。

"谢弗尼克-戈尔夫人。"里德尔上校猛地站了起来。

夫人说道:"他们说你们想找我谈谈,所以我就来了。"

"需要换个房间吗?待在这里一定让您十分痛苦。"

谢弗尼克-戈尔夫人摇了摇头,坐在一把齐彭代尔式椅子上,低声说道:"哦,没关系,这又有什么关系呢?"

"您能看得这么开真是再好不过了,夫人。我知道这件事对您的打击很大,而且——"

夫人打断了他。

"一开始确实很受打击,"她先表示承认,语气友好,"但其实死亡并没有什么大不了的,真的,那不过是个改变,你懂的。"她又补充道,"实际上,杰维斯现在就站在你左边,我能清清楚楚地看到他。"

里德尔上校的左边肩膀微微地颤抖了一下,他疑惑地看着谢弗尼克-戈尔夫人。

夫人冲他露出一个虚弱却愉悦的微笑。

"你肯定不相信!大部分人都不会相信。但对我而言,精神世界和现实世界是没有区别的。有什么问题你尽管问我好了,不用担心我会不舒服。我一点都不痛苦。你看,一切都是命,人是逃不掉他的因缘的。一切皆有命,那面镜子也是——所有东西都是。"

"夫人,您刚才说镜子?"波洛问道。

夫人冲着镜子点了点头。

"是的。你看，镜子碎了。这就是象征！你知道丁尼生的诗吗？年轻时我经常读，不过从来没有意识到藏于其中的深意。'镜子开始四分五裂；夏洛特女郎惊呼："厄运降临到了我身上。"'①杰维斯就跟这里写的一样，突然被诅咒吞噬了。我认为，大部分古老的家族都有无法摆脱的诅咒……镜子碎了。他知道自己已在劫难逃！诅咒来临了！"

"但是，夫人，打碎镜子的不是诅咒，而是一颗子弹！"

"一回事，真的……这就是命运。"谢弗尼克-戈尔夫人的语气依旧甜美柔和。

"您丈夫给了自己一枪。"

谢弗尼克-戈尔夫人宠溺地笑了一下。

"他那样做当然是不对的，但是杰维斯这个人没什么耐心，他什么都等不了。他知道自己时日不多，便急不可待地快速做了个了断。就这么简单，真的。"

里德尔上校故意使劲儿清了清嗓子，尖锐地问道："所以您丈夫自杀您一点都不觉得吃惊？您是不是早就知道会有这一天？"

"哦，不，"后者睁大了眼睛，"没人能预见未来。杰维斯确实是个非常奇怪的男人，他完全不同于常人，他是神祇再世。我已经知道有一段时间了，他自己肯定早就知道了。因此他觉得日常生活中那些愚蠢的条条框框实在是太难应付了。"她的视线越过里德尔上校的肩膀，又继续道，"他正在笑呢。他一定觉得我们愚蠢透顶。我们也确实愚蠢，像天真的孩子，太把生命当回事……而生命不过是一场最大的幻觉。"

---

①这一句取自丁尼生（Tennyson）的叙事诗《夏洛特女郎》（*The Lady of Shallot*）。这首诗也出现在阿加莎·克里斯蒂的另一本小说——《破镜谋杀案》中。

自觉已经败下阵来的里德尔上校绝望地问："因此您应该不知道您丈夫为什么要自杀吧？"

谢弗尼克－戈尔夫人耸了耸瘦弱的肩膀。

"力量推动着我们——推着我们走……你是不会明白的。你只活在物质世界里。"

波洛咳嗽了一声。

"说到物质世界，夫人，您知不知道您的丈夫打算怎么处理财产？"

"财产？"谢弗尼克－戈尔夫人盯着波洛，"这我从来没想过。"语气中透出蔑视。

波洛换了个话题。

"您今晚几点下楼来吃晚餐的？"

"时间？几点？时间是无穷无尽的。时间是无限的。"

波洛嘟哝道："可您丈夫是一个非常在意时间的人啊，夫人。据我所知，特别是对晚餐时间，他很在意。"

"杰维斯这个人啊，"谢弗尼克－戈尔夫人又宠溺地笑了起来，"在这方面他真是愚蠢至极。不过这样能让他快乐，所以我们都从不迟到。"

"夫人，第一声锣声响起时，您在客厅吗？"

"不，那时我在自己的房间里。"

"您还记得您下来的时候都有谁在客厅里吗？"

"我想几乎所有人都在吧。"谢弗尼克－戈尔夫人含含糊糊地说，"有什么关系吗？"

"不一定。"波洛直言不讳，"另外，您的丈夫有没有跟您提起过，他怀疑有人想要挟他？"

谢弗尼克－戈尔夫人似乎对此问题毫无兴趣。

"要挟？没有，我没听他说过。"

"勒索、敲诈、诈骗——类似这种？"

"没有、没有——我想没有……谁敢这么对他，杰维斯一定会非常气愤的。"

"他完全没跟您提过这类事吗？"

"没有、没有，"谢弗尼克－戈尔夫人摇了摇头，依旧漫不经心，"有的话我会记得的……"

"您最后一次见到您丈夫是在什么时候？"

"晚餐前，他下楼时经过我的房间，就像往常一样往屋里看了一眼。当时女佣也在屋里，他就说了一句他要下楼了。"

"过去的几个星期里，他提起最多的事情是什么？"

"哦，家族史。他已经渐入佳境了，发掘出很多古老的轶事，在这方面林加德小姐功不可没。她去大英博物馆帮他查资料什么的。你知道吗，她之前帮马卡斯特勋爵写过书。她很有手段——我的意思是，她查到的资料都能拿来用，因为每个家族都有些不想重提的先人。杰维斯是个非常敏感的人。林加德小姐也帮了我很多忙，帮我找到好多有关哈特谢普苏特①的资料。知道吗，我可是哈特谢普苏特的化身。"

谢弗尼克－戈尔夫人说最后一句话时十分平静，接着她又继续说道："在那之前，我是亚特兰蒂斯②的女祭司。"

里德尔上校扭了扭身子，说："呃……呃……真有意思。好吧，谢弗尼克－戈尔夫人，我看我们要问的就这些了。谢谢您的配合。"

---

①哈特谢普苏特（Hatshepsut）：古埃及第十八王朝女王。
②一个传说中具有高度文明的国家或城邦，位于大西洋直布罗陀海峡以西的岛或洲，很久之前突然沉入深海消失。

谢弗尼克－戈尔夫人站起身,裹紧了中式长袍。

"晚安。"她说,眼睛望向里德尔上校身后,"晚安,亲爱的杰维斯。我真希望你能过来,不过我知道你走不了。"接着她又语重心长地说道,"你必须在这里待至少二十四小时,之后你就可以来去自由、想说什么说什么了。"

夫人离开了房间。

里德尔上校揉了揉额头,嘟囔道:"呼。她比我想象中的还要神经质。她真的相信那些胡言乱语吗?"

波洛若有所思地摇了摇头。

"她可能只是在给自己找出路。此时她需要给自己营造出一个虚幻的世界,以此来逃避丈夫死了这一赤裸裸的现实。"

"我看她不是装出来的,"里德尔上校说,"她那通长篇大论里没有一个词是正常人会说的。"

"不、不,我的朋友。雨果·特伦特先生曾随口提醒过我,混乱和傲慢的背后很可能恰好藏着真实。刚才夫人说林加德小姐很聪明,不会触及那些不受欢迎的先人时,我就感受到了她的真实。相信我,谢弗尼克－戈尔夫人一点都不傻。"

波洛站起身,在房间里来来回回地踱步。

"这件事情里有一些东西我不太喜欢。嗯,我一点都不喜欢。"

里德尔好奇地看着波洛。

"你说的是杰维斯爵士的自杀动机?"

"自杀——自杀!告诉你吧,根本就不是这么回事。从心理学角度来看,根本就解释不通。谢弗尼克－戈尔是怎么看待自己的?他觉得自己是伟人,是至关重要的人物,是整个宇宙的中心!这样的人会选择自我毁灭吗?不可能的。他倒是更有可能去毁掉别人——那些胆敢惹恼他的蝼蚁一般的人类……他甚至有可能神圣化这种行为——必须这么做！至于摧毁自我？为什么要摧毁如此伟大的自我？"

"你说得很对，波洛。但是现在证据确凿。门被锁了，钥匙就在他的口袋里。窗户关着且都拴上了。我知道小说里确实有这种事，不过现实生活中从没遇到过。还有别的吗？"

"是的，还有。"波洛坐了下来，"看我，假设我现在是谢弗尼克-戈尔，我正坐在写字台旁。我下定决心要做个自我了断，因为……我们假设是因为我发现了一些会令家族名誉蒙羞的事情吧。虽然这理由没什么说服力，但至少说得通。

"然后呢，我该怎么办？我扯了一张纸，在上面歪歪斜斜地写下'对不起'。是的，很有可能就是这样。接着，我打开写字台的一个抽屉，拿出之前就放在那里的手枪，如果里面没有子弹的话我还会先上好子弹，然后……我就给了自己一枪吗？不，我先把椅子转了一圈——这样，然后身子又往右边靠了靠——这样，然后，我对着自己的太阳穴开了一枪！"

波洛猛地站起身，转了半圈，说道："我问你，你觉得这样合理吗？为什么要转椅子呢？如果说墙上挂着一幅画，那可能还说得通，比如他希望死之前看到的最后的画面是一幅肖像之类的。但他对着的是窗户——确切说是窗帘，哦不，这可就说不过去了。"

"他有可能是想死前看看窗外。生前最后看看这座房子。"

"我亲爱的朋友，你这个说法太牵强了。实际上你自己也知道这根本就是胡说八道。八点零八分的时候外面已经黑了，而且窗帘肯定是拉上的。不对，肯定还有别的解释……"

"依我看就只有一种可能性了。杰维斯·谢弗尼克-戈尔他疯了。"

波洛不满地摇了摇头。

里德尔上校站起身。

"来,我们再去问问剩下的人,说不定能问出些什么。"

第六章

与说话意义不明的谢弗尼克-戈尔夫人聊过后,里德尔上校甚至觉得跟精明的律师福布斯聊天都非常轻松。

福布斯先生的戒备心非常强,从不随随便便回复一个字,但他说的每一句都直击问题要害。

他说杰维斯爵士自杀这件事对他的打击特别大,他从来都没想过像杰维斯爵士那样的人会选择自杀。他不知道是什么驱使他对自己下手。

"杰维斯爵士不仅仅是我的客户,更是我自孩提时代就相识的一个老朋友。他是一个非常热爱生活的人。"

"福布斯先生,既然如此,那请你务必坦白地告诉我,你知道杰维斯爵士有为生活中的什么事焦虑痛苦吗?"

"没有。他有些小烦恼,跟大部分人一样,但没什么要紧的。"

"没有病痛?没有夫妻问题?"

"没有,谢弗尼克-戈尔爵士和夫人是非常恩爱的一对。"

"谢弗尼克-戈尔夫人好像隐瞒了什么。"里德尔上校小心翼翼地说。

福布斯先生露出宠溺的微笑。

"女人嘛，总是爱幻想。"

里德尔上校继续发问："杰维斯爵士的法律事务全部由你处理吧？"

"是的，我的事务所，'福布斯、奥格尔维和斯彭思'，已经为谢弗尼克-戈尔家族服务一百多年了。"

"谢弗尼克-戈尔家族有没有什么……丑闻？"

福布斯先生扬了扬眉毛。

"我不明白你在说什么。"

"波洛先生，能把你给我看过的那封信拿给福布斯先生看看吗？"

波洛未发一语，站起身，毕恭毕敬地把信递给了福布斯先生。

福布斯先生读着信，眉毛扬得更高了。

"这封信很了不得啊，现在我知道你在问什么了。不过，我不知道会是什么事让他给你写这封信。"

"杰维斯爵士没有跟你提起过吗？"

"完全没有。老实说，我也纳闷他竟然什么都没说。"

"他信任你吗？"

"他相信我的判断。"

"你一点都不知道这封信里指的是什么事情吗？"

"无端地盲目猜测不是我的作风。"

里德尔上校暗自佩服这番巧妙的回答。

"那么，福布斯先生，或许你能告诉我杰维斯爵士打算怎么处置他的财产？"

"当然可以。这是我的分内之事。杰维斯爵士给他的夫人留了每年六千英镑的地产收入，朗兹广场和另一处独栋别墅随她选。此外还有一些数额不大的财产馈赠。其余的全都留给了他的继女露丝。而且要是日后她结婚的话,她的丈夫可以继承谢弗尼克－戈尔家族的称号。"

"没有给他的外甥雨果·特伦特先生留些什么吗?"

"有。五千英镑。"

"看来杰维斯爵士是个有钱人啊。"

"他非常富有。除了地产,他还拥有很大一笔私人财产。不过他以前可没这么富有,特别是投资,总是失败。杰维斯爵士在一家公司里投了不少钱——帕拉贡合成橡胶品公司,是伯里少校撺掇他投的。"

"没有什么收获?"

福布斯先生叹了口气。

"退伍军人涉足金融领域都要吃苦头,我发现他们在这方面很容易受骗,而且一投就投很多。"

"不过这些不成功的投资并不会影响杰维斯爵士的收入,对吧?"

"哦,当然,那不算什么。他依旧腰缠万贯。"

"这份遗嘱是什么时候签的?"

"两年前。"

"这份东西,"波洛低声说道,"对于他的外甥雨果·特伦特来说是不是有点不公平?再怎么说他都是杰维斯爵士的直系亲属。"

福布斯先生耸耸肩。

"他可能考虑到了一些家族历史。"

"比如说?"

看起来福布斯先生不太想继续这个话题。

里德尔上校接过话头。

"我们不是想打探陈年秘闻之类的,只是想弄明白杰维斯爵士写给波洛先生的这封信是怎么回事。"

"杰维斯爵士对外甥的态度并非和什么秘闻有关。"福布斯先生马上回应道,"只是因为杰维斯爵士一直以一家之长的身份自居,且十分负责。他有一个弟弟和一个妹妹。弟弟安东尼·谢弗尼克-戈尔死于战争。妹妹帕梅拉出嫁了,不过杰维斯爵士并不赞同那桩婚事,他妹妹未取得他的同意就结了婚。他觉得特伦特上尉一家配不上谢弗尼克-戈尔家族,他妹妹却不以为然。于是,杰维斯爵士便对自己的外甥也另眼相待了。我认为这也是他之后再去收养一个孩子的原因。"

"他不可能有自己的孩子了吗?"

"不可能了。他们结婚后一年谢弗尼克-戈尔夫人怀过一个孩子,后来流产了。医生说谢弗尼克-戈尔夫人无法再怀上孩子。两年后他们就收养了露丝。"

"露丝小姐是从哪儿来的,她是怎么被选中的?"

"我记得她是某个远亲的孩子。"

"我也是这么猜测的。"波洛抬眼看了看墙上的家族肖像画,"看得出来,她跟这家人有血缘关系——鼻子和下巴的线条。墙上的这些画像在这些部分都有些相似之处。"

"她还继承了这个家族的脾气。"福布斯先生冷冷地说。

"可以想象。她和她的继父相处得怎么样?"

"应该跟你想象中的差不多。他们争吵不断,但虽然争吵,两个人又能和谐共处。"

"她有没有让他很焦虑,无论在哪个方面?"

"时不时的会。不过我敢向你保证,那绝对不至于让他自杀。"

"啊，确实。"波洛表示赞同，"没人会因为自己有个任性的女儿就把自己脑袋打开花！这样看来，露丝小姐就是继承人了！杰维斯爵士有没有想过更改遗嘱？"

"哦！"福布斯爵士咳嗽了一声，以此掩盖内心的不安，"其实，我是遵照杰维斯爵士的指示到这里来的——两天前——过来起草一份新的遗嘱。"

"这又是怎么回事？"里德尔上校把椅子往前拉了拉，"你之前可没提这件事。"

福布斯先生马上说："你们只是问我杰维斯爵士的遗嘱内容啊，你们问什么我就说什么。新的遗嘱还没有成形，更不用说签署了。"

"有什么改动吗？说不定能反映出杰维斯爵士的一些想法。"

"总体来说，跟原先的没什么区别。只是谢弗尼克-戈尔小姐如果想要拥有继承权，就必须嫁给雨果·特伦特。"

"啊哈，"波洛说，"这可是颠覆性的改动啊。"

"我没有同意这一条。"福布斯先生说，"我认为我有责任向他指出，这一条很可能会引发质疑。这种有条件的财产馈赠法院是不会批准的。但是杰维斯爵士却执意这样做。"

"那要是谢弗尼克-戈尔小姐——或者特伦特先生——不同意这么做怎么办？"

"如果特伦特先生不想娶谢弗尼克-戈尔小姐，那么财产就会无条件地转到小姐的手上。但如果特伦特先生愿意，而谢弗尼克-戈尔小姐拒绝，那么财产就会转归先生所有。"

"什么奇怪的条件。"里德尔上校说。

波洛向前俯身，拍了拍福布斯先生的膝盖。

"背后的原因是什么？杰维斯爵士定下这个条件的时候脑子

里在想些什么？肯定有什么事情……我想肯定和另一个男人有关……这个人他很不喜欢。福布斯先生，我想你一定知道那个人是谁吧？"

"波洛先生，我真的不知道。"

"你至少可以猜一猜。"

"猜测不是我的行事风格。"福布斯先生有点不悦。

他摘下夹鼻眼镜，用丝绸手帕擦了擦，问道："你们还有什么要问的吗？"

"目前没有。"波洛说，"眼下我没什么想问的了。"

福布斯先生略微看了看房间里面，接着视线转向警察局局长里德尔上校。

"谢谢你，福布斯先生。我看就是这些了。可以的话，我想跟谢弗尼克－戈尔小姐谈谈。"

"当然可以。她现在应该在楼上，和谢弗尼克－戈尔夫人一起。"

"哦，好，也许我应该先和——那个人叫什么来着？——伯罗斯谈谈，还有那个搞家族史的小姐。"

"他们都在图书室。我去转告他们。"

第七章

"真不容易。"福布斯先生前脚离开房间,里德尔上校就开了口,"从这个老派律师嘴巴里套出了些消息。依我看,那个姑娘是整件事情的关键人物。"

"看起来是的。"

"啊,伯罗斯来了。"

戈弗雷·伯罗斯很有活力地走进了房间,像往日一样精神饱满。他脸上的阴沉感像是刻意伪装出来的,微笑时露出的白牙都像是计算好的。

"伯罗斯先生,我们有几个问题要问你。"

"当然,里德尔上校,你尽管问。"

"首先,简单地说就是,你知道杰维斯爵士为什么自杀吗?"

"当然不知道。这件事太让我震惊了。"

"你听到枪声了吗?"

"没有,我那会儿应该还在图书室。我很早就下楼了,于是就去图书室查些资料。图书室在房子的另一头,和书房在两个方向,所以书房那边的声音我完全听不到。"

"有人和你一起在图书室里吗?"波洛问。

"没有。"

"你知道其他人那会儿都在哪儿吗?"

"我猜大部分在楼上梳妆打扮呢吧。"

"你是什么时候到客厅的?"

"就比波洛先生早到了一步。那时所有人都在了——当然,除了杰维斯爵士。"

"杰维斯爵士的缺席有没有让你觉得很奇怪?"

"是的,的确如此。他通常都会在第一声锣敲响之前就到达客厅。"

"你有没有觉察到杰维斯爵士最近的行为与以往有些不同?他有没有在担心什么事情?或者显得焦虑?沮丧?"

戈弗雷·伯罗斯想了想。

"没有。我想没有。就是有一点……心事重重的,可以这么说吧。"

"他看上去像是在为某一件特别的事情担心吗?"

"哦,没有。"

"他有没有……财务上的问题?"

"有个公司倒是让他挺心烦意乱的,就是那个帕拉贡合成橡胶制品公司。"

"他具体都说了些什么?"

戈弗雷·伯罗斯的脸上再一次浮现出之前那种精打细算过的笑容,不过很快就消失了。

"这个嘛……事实上,他说:'伯里这个老家伙不是傻瓜就是无赖。我猜是傻瓜。看在范达的分上我就不跟他计较了。'"

"他为什么会说,看在范达的分上?"波洛追问道。

"因为……您瞧,谢弗尼克-戈尔夫人很喜欢伯里少校,而杰维斯爵士又像狗一样对夫人言听计从。"

"杰维斯爵士一点都不……嫉妒吗？"

"嫉妒？"伯罗斯怔了一下，笑了起来，"杰维斯爵士会嫉妒？他应该不知道嫉妒是什么吧。因为他从来就没想过会有哪个男人比他更吸引人。他就是这样的人。"

波洛轻声说："我感觉，你好像不怎么喜欢杰维斯爵士？"

伯罗斯的脸一下子红了。

"哦，是的，确实——因为那种事情在现在看来真的很荒谬。"

"什么事？"波洛继续问。

"就是那些老观念。对祖先的崇拜和自我膨胀。杰维斯爵士是个在各方面都很能干的人，生活过得有滋有味。要是他能不那么自大和自我封闭的话，应该会活得更加精彩。"

"他女儿是不是和你想的一样？"

伯罗斯的脸又红了，而且这一次红得发紫。

他说："在我看来，谢弗尼克-戈尔小姐绝对是个现代派！不过当然了，我不应该和她议论她的父亲。"

"现代人都喜欢议论他们的父亲！"波洛接过话头，"批判家长是一种现代精神！"

伯罗斯耸了耸肩。

里德尔上校又问道："还有没有别的……比如财务方面的问题？杰维斯爵士有没有说过自己正在被敲诈？"

"被敲诈？"伯罗斯显得很吃惊，"哦，没有。"

"你跟他的关系不错吧？"

"当然。怎么会不好？"

"现在是我在问问题，伯罗斯先生。"

伯罗斯面露不悦。

"我们的关系非常好。"

"你知道杰维斯爵士写信给波洛先生让他到这里来吗?"

"不知道。"

"杰维斯爵士平时都是自己写信吗?"

"不是,一般都是他说我写。"

"可是他没让你帮他写这封信。"

"没有。"

"你觉得这是为什么呢?"

"我不知道。"

"你想不出他为什么要自己写这封信?"

"想不出。"

"啊!真是奇怪啊。"里德尔上校自然而然地转移了话题,"你最后一次见杰维斯爵士是什么时候?"

"换衣服准备吃晚餐之前。我拿了一些信过去给他签。"

"他当时状态如何?"

"挺正常的。确切地说,他颇为得意,我还想他像是遇到了什么好事呢。"

波洛动了动身子。

"啊?你是这么觉得的,你觉得他像是遇到了什么好事?可是没过多久他就自杀了。多奇怪啊!"

戈弗雷·伯罗耸了耸肩。

"那只是我的感受而已。"

"是的、是的,但这非常重要。不管怎么说,你可能是杰维斯爵士死前最后一个见他的人了。"

"最后一个见他的人是斯内尔。"

"斯内尔只是看见了他,但没有和他说话。"

伯罗斯闭口不语。

"你是几点上楼换衣服准备吃晚餐的？"里德尔上校问道。

"差不多七点零五分。"

"那会儿杰维斯爵士在干什么？"

"他在书房里。"

"他一般需要多长时间换衣服？"

"四十五分钟吧。"

"也就是说，如果晚餐是八点十五分开始的话，他最晚也要在七点半离开书房去更衣了。"

"差不多。"

"你很早就去换衣服了？"

"是的，我想换好衣服后再去图书室查一些资料。"

波洛若有所思地点了点头。

里德尔上校说："嗯，先这样吧，你能把那位小姐叫来吗？"

小巧的林加德小姐马上就出现在了房间里。她身上挂着好几条项链，因此坐下时发出一阵叮当声。她好奇地看着眼前的两个男人。

"这真是……呃……令人伤心，林加德小姐。"里德尔上校率先开口。

"确实如此，非常令人伤心。"林加德小姐礼貌地回应道。

"你是……什么时候住进来的？"

"大约两个月前。杰维斯爵士写了封信给他一个在博物馆工作的朋友——福瑟林盖少校——然后福瑟林盖少校就推荐了我。我以前做过很多历史研究工作。"

"你觉得为杰维斯爵士工作困难吗？"

"哦，不难。确实需要一直迁就他，不过我觉得为男人工作都是这样的。"

里德尔上校想着没准现在林加德小姐也在迁就自己,不由得有些不舒服。他继续问道:"你来这里是为了帮杰维斯爵士写那本书吧?"

"是的。"

"具体都需要做些什么?"

有那么一刻,林加德小姐看起来像是有些情绪上的波动。她双眼闪烁,回答道:"这个,您知道的,要做的就是写书!我负责查阅资料,做好笔记,整理资料。再有就是修订杰维斯爵士写好的东西。"

"你一定有很多做这类事情的技巧吧,小姐?"波洛说。

"技巧和坚持,两者缺一不可。"林加德小姐回答。

"你的坚持有没有让杰维斯爵士……呃……不满?"

"哦,完全没有。当然,我不会去拿小事烦他。"

"哦,原来如此。"

"其实很容易,真的,"林加德小姐继续说道,"只要你方法得当,杰维斯爵士这个人其实很容易搞定。"

"林加德小姐,不知道你能不能提供一些有价值的信息来帮助我们厘清这个悲剧?"

林加德小姐摇了摇头。

"我恐怕办不到。您想想看,我对他来说是个外人,他不可能完全信任我。而且他太骄傲了,不会对任何人说自己家族里的麻烦事的。"

"你觉得是家族里的麻烦事让他选择自杀的?"

林加德小姐明显非常吃惊。

"这是当然了!还会有别的原因吗?"

"你确定他是因为家族麻烦而烦恼的吗?"

"我只知道他承受着很大的精神压力。"

"哦,这你都知道?"

"有什么问题吗?"

"小姐,告诉我,他有没有跟你说过什么?"

"说得不是很明白。"

"他说了什么?"

"让我想想。我发觉他好像没在认真听我说话——"

"等等。请再说一遍,这是什么时候的事情?"

"今天下午。我们通常会从三点工作到五点。"

"请继续。"

"就像我说的,杰维斯爵士看起来心神不宁——事实上,他提到一直被一些事情困扰。他当时说……让我想想……差不多是这样的——当然,我没办法把每个字都准确地复述出来——他说:'林加德小姐,一个家族到达荣耀的顶峰时,丢脸的事也会随之而来,这真可怕。'"

"你是怎么回应的?"

"哦,就说了一些安慰的话。我记得我说每一代都会诞生弱者,这是对强者的一种惩罚,不过弱者的失败一般不会让子孙后代知晓。"

"这番话达到你所预想的安慰效果了吗?"

"或多或少吧。接着我们又说回罗杰·谢弗尼克-戈尔爵士,我在一本当代人写的手稿中发现了一段有关他的有趣记录,不过杰维斯爵士又走神了。最后他干脆说今天下午他什么都做不了了,他说他受到了惊吓。"

"惊吓?"

"他是这么说的。当然,我没有追问,只是说了句:'我很抱歉,杰维斯爵士。'然后他吩咐我去转告斯内尔,晚上波洛先生会来,让他把晚餐时间推迟到八点十五分,并备车去车站接七点五十分的火车。"

"他经常像这样让你去传话吗?"

"这个……没有……这是伯罗斯先生该做的事情。我只负责那些文字工作,毕竟我不是秘书。"

波洛问道:"你觉得杰维斯爵士让你去传达这些安排,是不是为了避开伯罗斯先生?"

林加德小姐想了想。

"这个,也有可能……当时我没想这么多,我觉得他就是图个方便。不过现在回想起来确实奇怪,他当时还嘱咐我不要告诉别人波洛先生要来,他说想制造惊喜。"

"啊!他这么说了,是吗?太奇怪了,有意思。那你有没有告诉别人?"

"当然没有,波洛先生。我转告斯内尔让他调整晚餐时间,然后让司机去火车站接七点五十分到站的一位绅士。"

"杰维斯爵士还有没有说别的可能与此事相关的事情?"

林加德小姐又想了想。

"没有……我想没有。他当时很紧张,我记得我要走的时候他说:'他现在来也于事无补了。太晚了。'"

"你知道他指的是什么事吗?"

"不……不知道。"林加德小姐用最简单的词进行了否定。

波洛皱起眉,重复道:"太晚了。他是这么说的,对吗?太晚了。"

里德尔上校接过话头。

"林加德小姐,你觉得是什么事在困扰杰维斯爵士?"

林加德小姐缓缓开口道:"我觉得跟雨果·特伦特先生有些什么关系。"

"雨果·特伦特?为什么觉得和他有关?"

"哦,倒也不确定,只是昨天下午我们刚好谈到雨果·谢弗尼克爵士——我猜这个人在蔷薇战争①期间没做什么好事——然后杰维斯爵士就说:'我妹妹偏要给儿子起名叫雨果!这个名字是我们家族的耻辱。她应该知道所有叫雨果的最终都没落得好下场。'"

"你说的这些对我们很有启发。"波洛说道,"是的,让我有了一个新的想法。"

"杰维斯爵士没再说什么更明确的话了吗?"里德尔上校问道。

林加德小姐摇了摇头。

"没有,而且这些话也不是对我说的,杰维斯爵士不过是在自言自语,并不是真的要跟我说。"

"那倒是。"波洛说道,"小姐,你作为一个外人在这里住了两个月,我想听一听你对这个家族及这对夫妇的真实想法,我认为这对我们很重要。"

林加德小姐取下夹鼻眼镜,眨了眨眼。

"这个,首先,坦白地说,我感觉自己闯进了一座疯人院!谢弗尼克-戈尔夫人总是会看到各种不存在的东西,杰维斯爵士又表现得像个……像个国王。特别怪异,特别戏剧性——我觉得他们两个是我见过的人中最古怪的。当然,谢弗尼克-戈尔小姐

---

① 蔷薇战争(Wars of the Roses):一四五五年至一四八五年,英格兰国王爱德华三世的两支后裔,兰卡斯特家族和约克家族为争夺英格兰的王位而发生的内战。

是个正常人。而且后来我发现谢弗尼克－戈尔夫人其实也是个非常善良的好女人,她比所有人对我都好。杰维斯爵士……我真的觉得他是个疯子。他是个极端自我主义者——这个词是这么说的吧——而且日益严重。"

"其他人呢?"

"我猜伯罗斯先生和杰维斯爵士之间曾有些过节。最近我们全身心投入到这本书上,总算给了他一些空间。风度翩翩的伯里少校衷心爱慕着谢弗尼克－戈尔夫人,同时搞定杰维斯爵士也很有一手。特伦特先生、福布斯先生和卡德韦尔小姐他们三个刚来几天,所以我不是很了解。"

"谢谢你,小姐。莱克上尉呢,那位代理人?"

"哦,他人非常好。大家都喜欢他。"

"杰维斯爵士也是吗?"

"哦,是的。我曾亲耳听他说莱克是他所用过的最好的代理人了。当然,莱克上尉和杰维斯爵士之间也发生过一些矛盾,不过他处理得很好。这不容易。"

波洛若有所思地点了点头,小声说道:"有些事……有些事……我一直想问你来着……一些小事……是什么来着?"

林加德小姐心平气和地看着对方。

波洛恼火地摇了摇头。

"该死!就在嘴边。"

里德尔上校耐心地等了一会儿,见波洛依旧眉头紧锁、一脸愁容,便开始了例行询问。

"你最后一次见到杰维斯爵士是在什么时候?"

"喝下午茶的时候,在他的房间。"

"他那会儿看上去怎么样,有什么不对劲吗?"

"和平时没什么两样。"

"众人当中有没有谁看上去格外紧张?"

"没有,我觉得每一个人都很正常。"

"杰维斯爵士喝好茶后去干什么了?"

"他跟往常一样,和伯罗斯先生一起去了书房。"

"那就是你最后一次看见他吧?"

"对。之后我就去了我工作用的晨间起居室,把之前和杰维斯爵士讨论过的笔记打出来,一直忙到七点,才上楼去换衣服,准备吃晚餐。"

"你听到枪声了,对吧?"

"是的,我当时就在这个房间里,觉得像是枪声,于是赶紧跑去了大厅。特伦特先生和卡德韦尔小姐在那儿,特伦特先生还笑嘻嘻地问斯内尔晚餐是不是有香槟喝。没人当回事儿,都以为是汽车回火的声音。"

"你有没有听到特伦特先生说'谋杀也是有可能的'?"波洛问道。

"我相信他说过类似的话——但是开玩笑的,肯定。"

"后来呢?"

"我们就都到这儿来了。"

"你还记得大家下楼的顺序吗?"

"我记得谢弗尼克-戈尔小姐是最先到的,然后应该是福布斯先生。接着是伯里少校和谢弗尼克-戈尔夫人一起,伯罗斯先生在他们之后。应该是这个顺序,不过我也不是特别确定,因为大家几乎是同时到的。"

"听到第一次锣声,就都下来了?"

"是的。每一个人听到锣声后都会马上赶过来,杰维斯爵士对晚餐的时间要求非常严格。"

"他自己通常几点下来?"

"一般第一次锣声敲响之前他就已经到了。"

"而这次他没到,你有没有觉得很意外?"

"非常意外。"

"啊,我想起来了!"波洛喊出了声,引来另外两个人不解的目光。他继续说道:"我想起刚才要问什么了。小姐,今晚斯内尔告诉大家书房的门锁着之后,我们所有人就一起往书房走,那个时候你停下来捡起了一样东西。"

"有吗?"林加德小姐一脸诧异。

"有,就在我们拐上通往书房的那条直走廊之后。你捡起了一个亮晶晶的小东西。"

"真奇怪……我怎么不记得。等等……是的,我想起来了。我刚才没仔细想。我来看看,应该在这里。"

林加德小姐打开了自己的黑色缎面小提包,把里面的东西一股脑儿都倒在了桌子上。

波洛和里德尔上校颇感兴趣地翻找了一番。在两块手帕、一盒粉饼、一小串钥匙、一个眼镜盒这堆杂物之间,波洛猛地抓起了一件东西。

"天啊,是子弹!"里德尔上校叫道。

这东西形状确实和子弹一样,但其实是一支袖珍铅笔。

"就是这个。"林加德小姐说,"我都忘了。"

"你知道这是谁的东西吗,林加德小姐?"

"哦,知道,这是伯里少校的。他用一枚子弹做的,他说这枚子弹曾打中过他——还是差点儿打中他来着?反正就是这个意思。他参加过南非战争[1]。"

"你最后一次看到他拿着这个东西是在什么时候？"

"今天下午他们一起打桥牌的时候。我进去喝茶的时候看到他正用这支笔记分。"

"都有谁在打牌？"

"伯里少校、谢弗尼克－戈尔夫人、特伦特先生和卡德韦尔小姐。"

"我看，"波洛轻声说，"东西还是先放在我们这里吧，我们会把它还给少校的。"

"哦，那就拜托了。我记性不好，说不定到时候就忘了。"

"或者，小姐，你能不能现在去把伯里少校叫过来？如果可以的话就太好了。"

"当然可以。我现在就去找他。"

林加德小姐迅速离开了。波洛站起身，漫无目的地在房间里踱步。

"我们来重现一下今天下午发生的事吧，感觉很有趣。两点半，杰维斯爵士在和莱克上尉一起过账目，那个时候他有些心事重重。三点，他和林加德小姐讨论他正在撰写的书，这时他承受着巨大的精神压力。林加德小姐根据偶然听到的一席话而把他的焦虑归因于雨果·特伦特。用下午茶的时候，杰维斯爵士举止正常。下午茶过后，戈弗雷·伯罗斯先生告诉我们他好像遇到了什么好事。七点五十五分爵士下楼钻进书房，在一张纸上歪歪扭扭地写下'对不起'三个字之后，开枪自杀了！"

---

[1] 南非战争 (South African War)：又称布尔战争，是英国与南非布尔人建立的共和国之间的战争。历史上一共有两次布尔战争，第一次布尔战争发生在一八八〇年至一八八一年，第二次布尔战争发生在一八九九年至一九〇二年。

里德尔缓缓地说："我明白你的意思了，前后不一致。"

"杰维斯爵士的情绪波动十分怪异！心事重重——非常难过——恢复正常——情绪高涨！看起来太奇怪了！还有他说的话，'太晚了'，他说我到得'太晚了'。没错，我确实到得太晚了——没能赶在他死之前见上一面。"

"我明白了。你认为……"

"我没办法知道杰维斯爵士到底为什么找我来了！肯定不行了！"

波洛继续在房间里踱来踱去，不时整理一下壁炉台上摆着的物件。一个靠墙摆放的牌桌引起了他的注意，他打开抽屉，从里面拿出一些筹码。接着他又走到写字台边，看了半天废纸篓——里面除了一个纸袋就什么都没有了。波洛拿起纸袋闻了闻，小声嘀咕了一句"橙子"，然后把纸袋压平，读出上面的字。"卡彭特父子，水果店，汉姆郡圣玛丽。"就在他把纸袋折成整齐的方块的时候，伯里少校走了进来。

第八章

伯里少校瘫坐在一把椅子上,摇了摇头,叹口气道:"里德尔,这真是太可怕了。谢弗尼克-戈尔夫人真是太棒了——太棒了。了不起的女人!非常勇敢!"

波洛轻轻地坐回到自己的椅子上,问道:"你们认识很多年了吧?"

"是的,她初入社交圈的舞会上我们就认识了。我记得当时她头发里满是玫瑰花瓣,一袭白裙,轻柔飘逸……在场的没有一个人敢上前搭讪!"

少校正说得起劲儿,波洛把铅笔举到了他眼前。

"这是你的吧?"

"呃?这是什么?哦,谢谢你,可能是今天下午打牌的时候掉的。真是不可思议,我连续三把抓到一手好牌,连胜三局,前所未有。"

"我听说你们是下午茶之前打的牌,对吧?"波洛问道,"杰维斯爵士来喝下午茶的时候精神状态怎么样?"

"正常——很正常。真没想到他会要了自己的命。不过仔细回想一下的话,我觉得他当时可能比平时更兴奋一些。"

"你最后一次看见他是什么时候?"

"就是那会儿啊！下午茶的时候。之后就再也没见过这个可怜人了。"

"下午茶之后你没有去过书房吗？"

"没有，没再见过他了。"

"你几点下来吃晚餐的？"

"第一次锣声之后。"

"你和谢弗尼克-戈尔夫人是一起下来的吗？"

"不是，我们……呃……是在大厅里碰到的。她应该是先去餐厅看了看花有没有摆好——之类的。"

里德尔上校接过话头。

"伯里少校，希望你不要介意，我想问你一些私人问题。你和杰维斯爵士有没有因为帕拉贡合成橡胶制品公司的事情有过一些争执？"

伯里少校脸涨得通红，结结巴巴地说："完全没有，完全没有。老杰维斯是个没办法说理的人。这一点你得记好了。他总觉得他能点石成金！他根本就意识不到整个世界正在经历一场危机，所有的股票和证券都受到了影响。"

"所以你们之间确实是有一些问题的喽？"

"没有问题。只是杰维斯他不讲道理！"

"他因为自己的损失而责备你了？"

"杰维斯他不正常！范达是知道的。不过她总能想出办法来对付他。交给她办我很放心。"

波洛咳嗽了几声。里德尔上校瞥了他一眼，换了个话题。

"我知道，你是这个家族的老朋友了，伯里少校。你知道杰维斯爵士打算怎么分配他的财产吗？"

"哦，我想大部分应该都会留给露丝。我感觉杰维斯会这么做。"

"你不觉得这对雨果·特伦特来说非常不公平吗？"

"杰维斯不喜欢雨果。从来不会为他着想。"

"可是他的家族观念很强。而谢弗尼克－戈尔小姐毕竟只是他收养的女儿。"

伯里少校迟疑了一下，支吾了一阵之后说道："哦，看来我最好还是告诉你一些事。请绝对保密。"

"当然……当然。"

"露丝是个私生子，她的身体里确实流淌着谢弗尼克－戈尔家族的血液。她是杰维斯的弟弟安东尼的女儿，安东尼死于战争，他死了以后，一个和他有暧昧关系的打字员写了封信给范达，范达就去见了这个姑娘，这姑娘当时已有孕在身。那会儿夫人刚被医生判定再也不能生育，于是就跟杰维斯商量，等孩子出生后领过来抚养。露丝出生后，他们走法定程序收养了她，露丝的生母放弃了所有权利。杰维斯夫妇将露丝视如己出，把她当作自己的女儿抚养长大。你只要看一眼，就知道露丝是如假包换的谢弗尼克－戈尔家族的人！"

"啊哈，"波洛说，"我明白了。这样一来，杰维斯爵士的态度就相当清楚了。不过，既然他不喜欢雨果·特伦特先生，为什么还要绞尽脑汁地促成他和露丝小姐的婚事呢？"

"他这么做是为了调整家庭成员之间的地位关系，以满足他对门当户对的执着。"

"就算他根本就不喜欢也不信任那个年轻人？"

伯里少校哼了一声。

"你不懂老杰维斯，他根本不把人当人，他是按皇室的做法安排婚姻的！他觉得露丝和雨果结婚后，雨果就可以姓谢弗尼克-戈尔了。至于雨果和露丝是怎么想的,那无关紧要。"

"露丝小姐愿意接受这样的安排吗?"

伯里少校笑了起来。

"当然不!她可没那么听话!"

"你知道就在不久前,杰维斯爵士打算起草一份新遗嘱,规定谢弗尼克-戈尔小姐只有同特伦特先生结婚,才能继承他的遗产吗?"

伯里少校吹了个口哨。

"看来他是知道小姐和伯罗斯的事了——"

伯里少校马上住口,但为时已晚。波洛紧咬不放。

"露丝小姐和年轻的伯罗斯先生之间有什么事情吗?"

"没有。他们毫无关系。"

里德尔上校清了清嗓子,说道:"伯里少校,我建议你把知道的都如实告诉我们。那很有可能跟杰维斯爵士的情绪波动有直接关系。"

"是有可能。"伯里少校迟疑地说,"无法否认,伯罗斯是个长得不错的年轻人——至少女人们是这样认为的。最近他和露丝小姐走得很近,这令杰维斯非常反感——简直厌恶至极。但出于某些原因,他又不想炒掉伯罗斯。与此同时,他对露丝了如指掌,知道她没什么常性。我猜他打算以自己的方式达到目的。毕竟露丝不是那种会为了爱牺牲一切的女孩,她爱钱,爱奢华的生活。"

"你认可伯罗斯先生这个人吗?"

伯里少校说他认为戈弗雷·伯罗斯有点没教养,这个说法让波洛迷惑不解,却让里德尔上校笑得合不拢嘴。

又回答了几个问题后,伯里少校离开了房间。

里德尔上校看了看正坐在那里沉思的波洛。

"波洛先生，你怎么看？"

这个小个子扬了扬手。

"我感觉看到了一幅图画——精心设计好的图画。"

里德尔说："复杂的图画。"

"是的，很复杂。不过在你一言他一语中，我还是注意到了重要的东西。"

"你指什么？"

"雨果·特伦特的那句玩笑话：'谋杀也是有可能的'……"

里德尔冷酷地说道："是啊，看得出来，你一直在向这个结论靠拢。"

"你难道不觉得吗，我的朋友？我们了解得越多，就越觉得杰维斯爵士没有什么自杀的动机。倒是了解到越来越多谋杀的动机！"

"就算是这样，你也别忘了那几点明摆着的事实——门锁着，钥匙在死者的口袋里。哦，我知道，有很多办法——大头针啊、绳子啊这类小零件。我知道，用这些可能能办到……但真的可行吗？我深表怀疑。"

"无论如何，我们不妨先从谋杀案的角度来思考一下，不考虑自杀。"

"哦，好吧。既然你在现场，十有八九就是谋杀案了！"

波洛笑了笑。"我可不喜欢你这种说法。"接着他很快又板起了面孔，"来吧，让我们把这个案子当作谋杀案来考虑。枪响的时候，四个人在大厅里。林加德小姐、雨果·特伦特、卡德韦尔小姐和斯内尔。其他人都在哪儿？"

"伯罗斯说他当时在图书室里。没人能证明。其他人应该都在自己的房间里，但谁知道是不是真的呢？大家都是独自下楼来的，就连谢弗尼克-戈尔夫人和伯里少校也是在大厅才碰到。谢弗尼克-戈尔夫人是从餐厅出来的，伯里少校呢？他有没有可能不是从楼上下来的，而是书房？还有这支铅笔。"

"确实，这支铅笔有点意思。我拿出来的时候他居然毫无表情，不过这有可能是因为他不知道我是在哪里找到的，也没发觉自己掉了笔。想想看，他打桥牌用到这支笔的时候都还有谁在？雨果·特伦特和卡德韦尔小姐。这两个人都不可能作案，林加德小姐和管家能证明他们不在现场。剩下的就是谢弗尼克-戈尔夫人了。"

"你不会真的怀疑她吧？"

"为什么不，我的朋友？告诉你，我怀疑所有人！比如，有没有可能她虽然表面上对杰维斯爵士很专一，实际上却真心爱着对她忠心耿耿的伯里少校？"

"嗯，"里德尔附和道，"说不定这个三角关系已经持续好多年了。"

"而且杰维斯爵士和伯里少校在公司的事上还有些矛盾。"

"杰维斯爵士确实可能变得非常不可理喻。具体的细节我们不得而知，很可能这就是他找你来的原因。比如说，杰维斯爵士察觉到伯里少校在恶意敲诈他，但因为怀疑自己的老婆可能也参与其中，所以他又不想公开此事。没错，这很有可能。这样一来，这两个人就都有了作案动机。丈夫身亡，谢弗尼克-戈尔夫人却一直表现得镇定自若，这的确有点反常。所有这些可能都是在作戏！"

"还有另一种可能，"波洛说，"那就是谢弗尼克-戈尔小姐和伯罗斯这个组合。这两个人一定非常不希望杰维斯爵士签署那份新遗嘱。要是不签,她就可以得到一切,她的丈夫还能获得爵士的姓氏——"

"对,而且伯罗斯刚才对杰维斯爵士的情绪的描述也有点可疑。情绪高涨,像是遇到了什么好事!这跟我们了解到的所有情况都不吻合。"

"还有福布斯先生。从来不会说错话,从来都是一本正经,像一家兴旺的百年企业。不过,就算是最德高望重的律师,也会在陷入困境的时候挪用客户的钱财。"

"我觉得你好像说得有点过头了,波洛。"

"你是不是觉得我像是在说一出戏?可是,里德尔上校,生活有时就是如戏剧般不可思议。"

"但目前为止我们还在这幢房子里。"里德尔上校说,"还是先把所有人都见一遍吧,你觉得呢?已经不早了。我们还没见过露丝·谢弗尼克-戈尔,而她可能是最重要的那个人。"

"我同意。另外还有卡德韦尔小姐。鉴于见她应该不会花太多时间,或许我们该先叫她来,把谢弗尼克-戈尔小姐留到最后问。"

"好主意。"

第九章

这次会面之前,波洛对苏珊·卡德韦尔的印象不过是打过一次照面。因此,他先细细打量了一番眼前这位面相精明,虽然不算特别标致,却拥有一种让仅仅外表好看的姑娘望尘莫及的魅力的女人。她发型别致,妆容精巧,眼神警觉。

问了几个例行问题后,里德尔上校接着问道:"卡德韦尔小姐,你和这个家族的关系很亲密吗?"

"我根本不认识他们。是雨果叫我来的。"

"那你就是雨果·特伦特的朋友了?"

"对,我是他的女朋友。"苏珊·卡德韦尔笑盈盈地说。

"你们认识很久了吗?"

"哦,没有,只有一个月左右,"她顿了顿,继续说,"我们算是已经订婚了。"

"所以他叫你来,是想把你介绍给他的家人?"

"哦,不,不是这样的。我们还没公开呢。我这次来只是想看看情况,雨果跟我说这个地方跟疯人院没什么两样,我觉得还是亲自来看看比较好。雨果这个可怜的甜心,他十分贴心,就是太没脑子了。您看,他的处境其实挺尴尬的。雨果和我都身无分文,而他唯一的希望——老杰维斯爵士——又一心想让他娶露丝。您知道的,雨果这个人有点软弱,他很可能会先答应这门婚事,想着日后再脱身。"

"而你觉得这个主意很烂,对吧,小姐?"波洛温柔地问道。

"当然了。露丝可能会反悔,想出各种办法不跟他离婚。我不同意。除非先让我捧着一束百合花,去骑士桥的圣保罗教堂。"

"所以你亲自过来,就是为了侦查一下情况?"

"是的。"

"很好!"波洛应了一声。

"事实证明,雨果是对的!这个家就是一座精神病院!只有露丝看上去通情达理。她已经有男朋友了,所以根本就不在意那桩婚事。"

"她的男朋友是伯罗斯先生吗?"

"伯罗斯?当然不是。露丝可不会看上那样一个伪君子。"

"那谁是她的男朋友?"

苏珊·卡德韦尔没有马上回答,而是先掏出一支香烟,点燃,这才开口。

"你最好去问她本人。毕竟,这不关我的事。"

里德尔上校继续发问:"你最后一次看到杰维斯爵士是什么时候?"

"喝下午茶的时候。"

"他当时有没有表现得很怪异?"

这姑娘耸了耸肩。

"没什么怪异的。"

"下午茶后你去做什么了?"

"和雨果打桌球。"

"没再见过杰维斯爵士了吗?"

"没有了。"

"听到枪声了吗?"

"说来也怪,我当时以为第一声锣已经响过了,就急急忙忙穿好衣服往外跑,途中我感觉好像听到了第二声锣,于是赶紧冲下楼梯。刚到的那天晚上我就迟到了一分钟,雨果说那差点毁了我们和那个老头之间的关系,所以我非常急。雨果就走在我前面,紧接着我就听到'梆'的一声,雨果说是开香槟的声音,但斯内尔说不是,反正我觉得那个声音不是从餐厅里传出来的。林加德小姐说是从楼上传来的,不过最后我们认定那是汽车回火的声音,然后就都去了客厅,谁也没有再提。"

"你从没想过杰维斯爵士会自杀吗?"波洛发问。

"你觉得我会去操心这种事情吗?那个老家伙非常享受横行霸道,我想象不出他会自杀。我也想不出他为什么会那样做,估计因为他是个疯子吧。"

"一出不幸的悲剧。"

"非常……尤其是对雨果和我来说。我知道他什么都没留给雨果,或者说物质上什么都没有。"

"谁告诉你的?"

"雨果从福布斯那里打听出来的。"

"哦,卡德韦尔小姐,"里德尔上校顿了顿,继续道,"我们问完了。你觉得谢弗尼克-戈尔小姐现在的状况可以来见我们吗?"

"哦,我想应该没问题。我去叫她。"

波洛突然插嘴。

"小姐,等一下,你见过这个吗?"

他举起那支子弹模样的铅笔。

"哦，见过，下午打桥牌的时候见过。应该是伯里少校的。"

"牌局结束后他把它带走了吗？"

"这我不太清楚。"

"谢谢你，小姐。你可以走了。"

"好，我去叫露丝。"

露丝·谢弗尼克－戈尔像个女王一般走进房间。她满面春风、趾高气扬，只不过那双眼睛和苏珊·卡德韦尔一样，透着警觉。她仍穿着波洛刚到时看到的那件浅杏色连衣裙，只不过肩上别着的那朵橘色玫瑰已经打蔫，不像一个小时之前那么娇艳欲滴了。

"什么事？"露丝先开了口。

"真的非常抱歉叨扰你。"里德尔上校接过话头。

露丝马上打断了他的话。

"我知道这事躲不过去，所有人都得被你烦一遍。不过我可以帮你省点时间。我完全不知道那个老家伙为什么要自杀。我能告诉你的是，他不是会自杀的那种人。"

"你有没有注意到他今天的行为举止有哪里不太对劲？抑郁，或是过度兴奋——有任何反常的地方吗？"

"没有。我没有留意……"

"你最后一次见到他是什么时候？"

"喝下午茶的时候。"

波洛开口问道："你后来有没有去过书房？"

"没有。我最后一次看见他就是在这里。他就坐在那儿。"露丝指了指一把椅子。

"知道了。你见过这支铅笔吗，小姐？"

"那是伯里少校的。"

"最近在哪里见过这支笔吗?"

"我不记得了。"

"你知道杰维斯爵士和伯里少校有些矛盾吗?"

"你是说帕拉贡合成橡胶制品公司的事?"

"正是。"

"我猜就是。那个老家伙为这件事气得发疯!"

"他是不是觉得……自己被骗了?"

露丝耸了耸肩。

"他对金融根本就是一窍不通。"

波洛说道:"我能问你个问题吗,小姐?这个问题你听起来可能会有些不舒服。"

"当然可以,如果你需要。"

"就是……你为你父亲的死……感到难过吗?"

露丝紧紧地盯着波洛。

"当然,我很难过。只不过哭哭啼啼不是我的作风。但是我会想念他的……我爱那个老家伙。我们都这么称呼他,雨果和我。'老家伙',你知道,就是说他像原始人——类人猿族群的长老之类的。听起来似乎挺不恭敬,但其实藏着我们对他的感情。当然,他也是这个世界上最最彻底的老糊涂!"

"你说的这些很有趣,小姐。继续。"

"老家伙简直没长脑子!对不起我太粗鲁了,但这是事实。他什么脑力劳动都做不来。不过他很有个性。天不怕地不怕!参加极地探险,跟人决斗,这些事情他都干过。我一直认为他总是怒气冲冲就是为了掩饰自己的愚钝。谁都可以从他那里捞上一把。"

波洛从兜里拿出那封信。

"小姐，你看看这个。"

露丝读完，将信交还给波洛。

"原来你是因为这个才过来的！"

"这封信有没有让你想到什么？"

露丝摇了摇头。

"没有。这很可能是真的。谁都有可能从这个可怜的老人身上揩点油。约翰说，他的前任没少从老家伙身上诈钱。你看啊，老家伙太自以为是、妄自尊大，从来不屑于过问细节！在恶棍眼里，他就是唾手可得的猎物。"

"小姐，听你的描述，杰维斯爵士仿佛变了一个人。"

"哦，他伪装得很好。要不是有范达——我母亲——全力维护，他可能会更加肆无忌惮地到处跑，以为自己是无所不能的神。这也就是为什么，从某种意义来说，我很庆幸他死了。这对他来说是件好事。"

"小姐，我不太明白你的意思。"

露丝十分深沉地说："他的本性就是那样。他迟早会被关起来的……最近大家都在这么说。"

"小姐，你知不知道他正在酝酿一条新遗嘱，要求你必须嫁给特伦特先生，才能继承他的财产。"

露丝叫了起来。

"真荒唐！不过反正法律上也通不过……结婚这件事不是说你该嫁给谁，这一点我很坚持。"

"要是他真的签了这样一条新遗嘱，你会照着上面说的做吗，小姐？"

露丝一时语塞。

"我……我……"犹豫中，她低下头，看着脚上的拖鞋。一小块泥土从鞋跟掉落在了地毯上。

露丝·谢弗尼克-戈尔突然大叫一声:"等一下!"然后站起身,冲了出去。不一会儿,她和莱克上尉一起再次出现。

"早晚都要说的。"露丝上气不接下气地说,"可能你们已经知道了。约翰和我三个星期前已经在伦敦注册结婚了。"

第十章

这一男一女中,莱克上尉明显更加局促不安。

"你着实令我们吃了一惊,谢弗尼克-戈尔小姐。或许我应该称呼你为……莱克夫人。"里德尔上校说道,"没人知道你们的婚事吗?"

"没有,我们没有公开。虽然约翰很不喜欢这样。"

莱克结结巴巴地开口了。

"我……我知道这么遮遮掩掩的不是个办法。我应该直接去找杰维斯爵士——"

露丝突然插嘴道:"告诉他你想娶他的女儿,虽然他不同意,而且还准备剥夺她的继承权,然后你和他大吵一架,让这幢房子里的所有人都知道这件事,最后我们俩只能对彼此说'这么做很勇敢'。相信我,我的办法绝对更胜一筹!生米已煮成熟饭。不能一步到位,那就迂回一点。"

莱克上尉看上去依旧闷闷不乐。

波洛问道:"你本来打算什么时候告诉杰维斯爵士的?"

露丝答道:"我已经在铺垫了。他其实有点怀疑我和约翰了,所以我就假装对戈弗雷感兴趣。以他的性格,肯定会刨根问底,到那时我再告诉他我和约翰结婚了,他可能会觉得还不错!"

"有人知道你们俩结婚了吗?"

"有,我告诉范达了。我想得到她的支持。"

"你达到目的了吗?"

"是的。她本来就不是特别想让我嫁给雨果——我想是因为我们是表兄妹吧。在她看来,这个家族里的精神病已经够多的了,如果我嫁给雨果的话,我们的孩子十有八九又会是一个疯子。不过我有一点想不通,因为你知道,我只是他们收养的。我想我的生身父母肯定是这个家族的远亲。"

"你确定杰维斯爵士完全不知道你和莱克先生的事吗?"

"哦,他不知道。"

"是这样的吗,莱克上尉?"波洛追问,"今天下午你和杰维斯爵士在一起的时候,没人提过这件事吗?"

"没有,先生。没人提过。"

"莱克上尉,我会这样问,是因为有足够的证据表明杰维斯爵士在今天下午见过你之后显得异常激动,而且不止一次说过家庭耻辱这类的话。"

"没人提过这件事。"面色发白的莱克又重复了一遍。

"那时是你最后一次见到杰维斯爵士吗?"

"是的,我已经告诉过你了。"

"今晚八点零八分的时候你在哪里?"

"我在哪儿?在我自己家里。我住在村子的另一头,离这里大约半英里远。"

"那时你还没到汉姆堡大宅吧?"

"没有。"

波洛转而问露丝:"你呢,小姐?你父亲开枪自杀的时候你在哪儿?"

"在花园里。"

"在花园？你听到枪声了吗？"

"哦，听到了。不过我没多想。我以为是有人在打野兔，不过现在想想，我当时确实觉得那声音挺近的。"

"你后来是怎么回房间的？"

"就从这扇窗。"露丝转头示意身后的窗户。

"当时这个房间有人吗？"

"没有。不过雨果、苏珊和林加德小姐很快就从大厅那边过来了。他们在聊枪击、谋杀之类的事情。"

"我知道了。"波洛说，"是的，我想我知道了……"

里德尔上校有些犹豫地说："那么……呃……谢谢你。目前没有要问的了。"

露丝和她的丈夫转身离开了房间。

"搞什么鬼……"里德尔上校迫不及待地表现出自己的绝望，"事情越来越复杂了。"

波洛点了点头，他从地上捡起那块从露丝的鞋跟上掉下来的泥土，拿在手里，思虑重重地看着。

"就像墙上那面碎了的镜子一样。死亡的镜子。每一条新的线索都为我们呈现出一个不同的杰维斯爵士，我们已经看到了每个角度镜子里的他，很快就能拼出全貌了……"

波洛站起身来，干脆利落地把手里的泥土丢进了废纸篓。

"告诉你吧，我的朋友，那面镜子是解开整个谜团的关键。要是你不相信，可以自己去书房看看。"

里德尔上校斩钉截铁地说："如果是谋杀，你就去证明好了。要是问我，我会说这就是自杀。你注意到露丝说老杰维斯曾被之前的那个代理人骗过吗？我敢打赌，这个故事是莱克出于私心编造的。很有可能他自己做了点手脚，结果被杰维斯爵士发现了，所以杰维斯爵士才叫你来，因为他不知道露丝和莱克的关系到了什么程度。谁知道今天下午，莱克就告诉他他已经和露丝登记结婚了，这给了杰维斯爵士致命一击。做什么都'太晚了'。于是他决定自我了断、求得解脱。实际上他向来不会审时度势，做出正确的判断。我认为这就是这整件事的真相。你有什么要反驳的吗？"

波洛站在房间正中，一动不动。

"我有什么要说的吗？这么说吧，我没有证据反驳你的理论，但太经不起推敲了。有些事情你没有考虑进去。"

"比如？"

"杰维斯爵士今天一天里情绪的变化，伯里少校的那支铅笔，卡德韦尔小姐提供的证词——这一点相当重要，林加德小姐所回忆的下楼顺序，杰维斯爵士被发现时椅子的位置，装过橙子的那个纸袋，还有最重要的线索，那面碎了的镜子。"

里德尔上校瞪大了双眼。

"你觉得这一大堆东西能说明什么问题吗？"

赫尔克里·波洛不紧不慢地说："我希望可以——等到明天。"

第十一章

次日清晨,被安排在大宅东侧一间客房里过夜的赫尔克里·波洛睁开双眼时晨光熹微。他下床走到窗边,拉开窗帘,尽情地沐浴在朝阳中。这是晴朗的一天。

他像往日一样一丝不苟地穿戴整齐,洗漱之后又裹上了一件厚大衣和一条围巾。

他轻手轻脚地走出自己的房间,穿过寂静的走廊,来到客厅。小心地打开落地窗后,他径直走进了花园。

太阳刚刚跃出地平线,空气中的雾气仍旧未散,被阳光照亮。赫尔克里·波洛循着小径绕房子走着,走到了杰维斯爵士书房的落地窗边。他停下脚步,探头窥视案发现场。

落地窗外的墙边种有整齐的草丛,草丛外是一道宽阔的绿化带,紫菀花开得正旺。绿化带再往外,就是波洛此时所驻足的小径了。另有一条种着草的小径从这里经过绿化带,通往窗台。波洛仔细地检查了一遍那条小径,摇了摇头,接着转而去检查绿化带两侧。

他缓缓地点点头,因为在绿化带右边柔软的土地上,有一些足迹。

就在他俯下身,皱着眉头准备看个清楚的时候,传来一声响动。他猛地抬起了头。

头顶上方的一扇窗户被推开,他看到了一团红色的头发。紧接着,被闪着光的红发围绕着的那张脸显露了出来,是机灵的苏珊·卡德韦尔。

"波洛先生,这么早你在那儿干什么呢?搞侦查吗?"

波洛毕恭毕敬地鞠了一躬。

"早上好,小姐。是的,你说对了。现在你所看到的,正是一名侦探——可以说是最厉害的侦探——在实地侦查!"

这番言辞引起了女郎的兴趣,苏珊歪了歪头,回应道:"写回忆录时我肯定会记下这一笔的。需要我下去帮忙吗?"

"那真是老天垂帘。"

"一开始我还以为来了个小偷呢。你怎么进到花园里的?"

"从客厅里的落地窗。"

"稍等,我马上就下来。"

苏珊·卡德韦尔说到做到,没用多久就出现在了波洛面前。

"你起得真早啊,小姐。"

"我没睡好。早上五点钟就醒了。"

"那也不算太早!"

"但感觉特别早!好了,我的超级侦探,我们到底要找什么?"

"观察,小姐,观察脚印。"

"确实有。"

"共有四个,"波洛继续说,"来,我指给你看。一对是往窗户那边走的,另一对是从窗户那边过来的。"

"会是谁的?园丁的?"

"小姐,我说小姐!这可都是小巧的女性高跟鞋留下的印子啊。来，不信的话你自己试试看。你在土上踩一下，在这些脚印旁边。"

苏珊迟疑了一下，最后还是按照波洛说的，轻轻地抬起一只穿着深棕色高跟拖鞋的脚，在泥土地上踩了一下。

"看到了吧，大小都差不多。很接近，不过不一样。留下那些脚印的人的脚比你的要大。可能是谢弗尼克－戈尔小姐……或者林加德小姐，甚至有可能是谢弗尼克－戈尔夫人。"

"不会是谢弗尼克－戈尔夫人的，她的脚非常小。她那个年代的人，都崇尚小脚。也不会是林加德小姐的，她只穿平底鞋。"

"那就是谢弗尼克－戈尔小姐的了。啊，没错，我想起来了，她是说过昨天晚上到花园里来过。"

说着，波洛又带着苏珊沿原路往回走。

"我们还在侦查吗？"苏珊问。

"当然，我们现在要到杰维斯爵士的书房去。"

波洛在前面带路，苏珊·卡德韦尔紧随其后。

破损了的书房大门依旧挂在那里，房间里的一切跟前一天晚上没什么两样。波洛拉开窗帘，阳光立刻洒满了整个房间。

波洛站在窗前，凝视着窗外的花坛，说道："小姐，我猜你的朋友里没有小偷吧？"

苏珊·卡德韦尔困惑地摇了摇顶着一头红发的脑袋。

"我想没有，波洛先生。"

"那个警察局局长和你一样，不知道和小偷们交朋友的好处。他对待罪犯时总是一副公事公办的样子。但我不一样。我曾经和一个小偷聊得特别尽兴。他跟我讲过一个和落地窗有关的小伎俩——看起来像锁着，但其实是虚掩着的。"

波洛一边说一边转动左边的窗户把手，待窗底的铁闩被提起来后，两扇窗轻而易举地就被拉开了。他先是把窗开到最大，然后又往前推，把窗关了起来——但是没有转动窗户上的把手，因此铁闩没有重新插回锁槽里。波洛松开手，等了一会儿，然后突然重击铁闩的中间部分。在这一猛击之下，铁闩自动滑进了窗框底部的锁槽里。把手也跟着恢复到原来的位置上。

"看到了吗，小姐？"

"看到了。"苏珊的脸色突然十分苍白。

"现在，窗户是锁着的，因此不可能有人从外面进来。但可以从外面关上，然后再像我刚才那样使劲打一下，铁闩就会落进锁槽，窗把手也会复原。窗户就这么紧紧地锁上了，任何人都会觉得是从里面锁上的。"

"也就是说……"苏珊的声音有些颤抖，"就是说……昨天晚上就是这种情况吗？"

"我想是的，小姐。"

苏珊有些激动地说："我不相信。"

波洛没有理会，他走到壁炉前，猛地一转身。

"小姐，我需要你当我的证人。我已经有特伦特先生做证昨晚发现这一小块镜子碎片的过程。当时我跟他说我会把碎片放归原位，留给警察来处理。我还向警察局长强调过碎镜子对此案的重要性，只是他对此无动于衷。现在，我要当着你的面，把这一小块碎镜片——就是之前给特伦特先生看过的那一块——放进这个小信封里。"波洛一边说一边把碎片放进了信封，"我要在上面做个标记，然后……封起来。这个过程你都看到了吗，小姐？"

"是的……不过……不过我不知道这是什么意思。"

波洛走到了房间的另一边。他站在写字台前，凝望着墙上那面破碎的镜子。

"我来告诉你这是什么意思,小姐。如果你昨天晚上站在我现在这个位置往镜子那里看的话,你看到的会是一起谋杀……"

第十二章

1

露丝·谢弗尼克-戈尔——事实上该说是露丝·莱克——平生第一次按时下楼吃早餐。但她没有想到的是,赫尔克里·波洛等在大厅,在她进餐厅前把她拉到了一边。

"夫人,我有个问题要问你。"

"什么?"

"昨天晚上你在花园的时候,有没有踩到杰维斯爵士书房窗户外面的花床?"

露丝看着波洛。

"有啊,两次。"

"啊!两次。为什么是两次?"

"第一次是因为我去摘紫菀花。那时候是差不多七点钟。"

"那个时候去摘花不会很奇怪吗?"

"是的,确实少见。其实我昨天早上已经摘过花了,可是喝过下午茶后,范达说餐桌上的花不够好看。因为那时花已经不够新鲜了,我本来以为不会有什么问题的。"

"但你妈妈坚持让你去摘?对吗?"

"是的。所以快七点钟的时候我就出去摘花了。去那里摘，是因为很少有人去那里，就算摘掉一些也不会影响花园里的风景。"

"是的、是的，第二次呢？你刚才说你踩了两次？"

"就是晚餐前。我滴了一滴发油在裙子上，正好在肩膀的位置。我懒得再去换一身衣服，而我的人造花饰品又跟那条黄裙子不怎么配，我记起摘紫菀花时看到过一朵玫瑰，于是就赶紧跑出去，把花摘了别在了衣服的肩膀处。"

波洛缓缓地点了点头。

"是的，我有印象你昨天晚上衣服上别着一朵玫瑰花。你摘玫瑰的时候是几点，小姐？"

"我真的不知道。"

"这很关键，夫人。你好好想想——好好回想一下。"

露丝皱起眉头。她看了波洛一眼，又迅速收回了目光。

"具体什么时候我真的记不清了。"最终她说道，"应该是——哦，当然，应该是八点零五分的时候。我往回走的路上听到了锣声，接着是一声奇怪的巨响。我当时特别着急，以为那是第二记锣声呢。"

"啊，你是这么想的——你在花坛那会儿，怎么没想到从书房的落地窗抄近路回去呢？"

"实际上我确实这么想过。如果窗户开着的话，从那里回去会快很多。但问题是窗户锁着。"

"有理有据。恭喜你，夫人。"

露丝盯着波洛。

"你这是什么意思？"

"我的意思是你对每一个细节都做出了解释。比如你鞋子上的泥土、你留在花床上的脚印,还有落地窗外侧玻璃上留下的你的指纹。而且很有说服力。"

没等露丝回应,林加德小姐突然出现。她两颊泛红,看到波洛和露丝站在一边她一下子愣住了。

"不好意思,"林加德小姐说,"是出什么事情了吗?"

"我看波洛先生是疯了!"怒气冲冲的露丝说完便转身走进了餐厅。

林加德小姐一脸惊恐地看向波洛。

波洛摇了摇头。

"等吃过早餐,我会解释的。十点钟,我希望大家都到杰维斯爵士的书房集合。"

他又在餐厅里重复了一遍这个邀请。

话音落下,苏珊·卡德韦尔看了看波洛,接着盯着露丝。雨果刚开口说"呃?这是要干吗",就被苏珊·卡德韦尔推到了一边,话也没有说完。

用过早餐,波洛站起身往外走,一边走一边掏出一块老式手表。

"现在是差五分钟十点。五分钟后,书房见。"

2

波洛环视四周,一张张好奇的面孔围在他身边。波洛点了点人数,发觉还有一个人没到,就在这时,缺席的这位走了进来。谢弗尼克-戈尔夫人脚步发虚,一脸病容,十分憔悴。

波洛赶紧拉过一把大椅子让她坐下。

夫人抬头看着破碎的镜子,身子颤抖了一下,稍微把椅子移开了一些。

"杰维斯还在这里,"她的口气像在陈述一件事实,"可怜的杰维斯……他马上就可以解脱了。"

波洛清了清嗓子,宣布道:"我把各位叫到这里来,是想告诉大家杰维斯爵士自杀的真相。"

"这是命运,"谢弗尼克-戈尔夫人说,"杰维斯是个强者,却也强不过他的命运。"

伯里少校走上前去。

"范达——我亲爱的。"

谢弗尼克-戈尔夫人微笑地抬头看着他,伸出手。他握住了那只手。夫人柔声说道:"你真会安慰人,内德。"

露丝冷冷地说道:"波洛先生,你是说你能告诉我们我父亲自杀的原因?"

波洛摇了摇头。

"不,我不能,夫人。"

"那你说这些没用的干什么?"

波洛平静地说:"我不知道杰维斯爵士自杀的原因,因为杰维斯·谢弗尼克-戈尔爵士不是自杀的,而是被谋杀的……"

"谋杀?"好几个声音同时重复这个词,众人震惊的面孔齐齐转向波洛。

谢弗尼克-戈尔夫人抬起头,说道:"谋杀?哦,不!"然后轻轻地摇了摇头。

"你刚才说谋杀?"雨果说,"不可能。我们当时冲进来的时候房间里没有其他人。窗户是锁着的,门也从里面反锁,而且钥匙就在我舅舅的口袋里。他怎么被谋杀?"

"即便如此,他也是被谋杀的。"

"那我猜凶手一定是从门上的锁眼里逃走的吧?"伯里少校质疑道,"要么是爬烟囱出去的?"

"凶手,"波洛说道,"是从这扇落地窗出去的。我来演示一下。"

他重复了一遍早上那番神技。

"看到了?"波洛继续说道,"就是这样的!我从一开始就不相信杰维斯爵士会自杀。他那么妄自尊大,是不会想到自杀的。

"此外还有其他发现!很显然,看上去杰维斯爵士之前是坐在写字台正前方的,在一张便笺纸上潦草地写下'对不起'几个字后开枪自杀了。但在开枪之前,出于某种原因,他转动了一下椅子,让自己侧对着写字台。为什么?其中肯定有什么原因。发现这一点后我就开始观察周围的情况,结果,在一尊笨重的青铜雕塑底部发现了一小块镜子碎片……

"我就问自己,这一小块镜子碎片怎么会出现在那里?答案很明显。镜子不是被子弹打碎的,而是被这尊分量十足的青铜雕塑打碎的。而且是故意的。

"可是为什么?于是我回到写字台旁,从椅子出发找线索。是的,我发现了。没有人会在自杀前故意转动椅子,斜坐在边缘再给自己一枪。一切都是有预谋的。自杀的表象是伪装出来的!

"接下来,我要开始说最重要的事情了,那就是卡德韦尔小姐的证词。卡德韦尔小姐说她昨天晚上把第一声锣当成第二声了,于是匆匆忙忙赶下楼。这也就是说,她在那之前还听到过一次锣声。

"现在,大家想一下,如果杰维斯爵士是以正常的状态,坐在写字台前被射杀的,那么子弹会去哪里?子弹走的是直线,如果门开着,子弹就会穿过房门,直击铜锣!

"现在你们知道卡德韦尔小姐的证词有多么重要了吧？除了她，没人听到这声锣响，因为她的房间就在这间屋子楼上，处于最佳位置。而锣声干脆利落，没有回响。

"杰维斯爵士肯定不是自杀，因为一个死人不可能站起来把门关上、锁好，再给自己找个方便的姿势！做这些的肯定另有其人，那么这就不是自杀，而是谋杀。一个杰维斯爵士熟识的人，可以轻松闲聊的人。当时杰维斯爵士可能正伏在桌子上奋笔疾书，凶手乘其不备举起枪，对着他右边的太阳穴开了一枪。得手了！接着凶手马上开始伪装工作！凶手戴上手套，把门锁上，钥匙放进杰维斯爵士的口袋。但凶手又想到万一刚才子弹打中铜锣的声响被谁听到了呢？因为开枪时门是开着的。于是凶手又调整了转椅和尸体的位置，把手枪塞到死者手里，再故意把镜子敲碎。接着凶手从落地窗走到屋外，从外侧把窗户闩上，注意不踩在草地上，而是踩在花床上，因为这样之后可以把脚印抹平。最后绕到客厅那边。"

波洛顿了顿，接着继续道："枪响的时候只有一个人在花园里。花床上的脚印和窗外的指纹也都是那个人的。"

波洛边说边走到露丝身旁。

"而且这个人还有杀人动机，对吗？你父亲知道你秘密结婚的事了，他正打算取消你的继承权。"

"一派胡言！"露丝声色俱厉，"你说的这些没有一句是真的。彻头彻尾的瞎编乱造！"

"证据确凿，且全都指向你，夫人。陪审团可能会相信你，也可能不会！"

"她用不着去见陪审团。"

在场众人全都呆愣地转向声音传来的方向——林加德小姐站

了起来，全身都在颤抖。

"是我干的。我承认！我这么做的理由。我……我一直在等待时机。波洛先生说得没错。我跟随杰维斯爵士来到这里，手里拿着事先从抽屉里拿出来的手枪，借着站在他旁边讨论书稿的机会给了他一枪。那时是八点刚过，子弹正好击中了铜锣。我万万没想到子弹会射穿他的脑袋。没时间出去检查了，情急之下，我赶紧锁上门，把钥匙放进他的口袋，然后调整好转椅，砸碎了镜子。在便条上潦草写下'对不起'后，我从落地窗离开屋子，并像波洛先生描述的那样从外面上了锁。我踩到了花坛，不过用事先放在那里的耙子把脚印抹平了，之后就从外面绕进了客厅。客厅的窗户我事先打开了，我不知道露丝从那里出去过。我想我们两个应该是分两个方向围着这幢房子走了半圈。但我还得把耙子藏到小棚子里，于是我一直等在客厅，直到听见有人从楼上下来，斯内尔去敲锣，然后——"

林加德小姐看向波洛。

"你知道我后来做了什么吗？"

"哦，当然，我知道。我看到废纸篓里的袋子了。你很聪明，能想到那个办法。你用了个小孩子的把戏，把纸袋吹鼓，然后使劲一拍，这样就可以制造出一种类似爆炸的声音。你把用过的纸袋扔进废纸篓，之后匆匆赶去了大厅。如此成功篡改了自杀发生的时间——也同时为自己制造了不在场证明。不过还有一件事让你挂心，你没有时间去把掉在铜锣附近的子弹捡回来了，并且把它放到书房里的镜子附近。我不知道你是什么时候想到要利用伯里少校的那支铅笔的——"

"就是那会儿，"林加德小姐说道，"我们全都到大厅的时候。当时看到露丝我很惊讶，并意识到她肯定是从花园过来的。接着我发现伯里少校的铅笔落在了桥牌桌上。我赶紧把铅笔塞进提包,为的是一会儿从地上捡子弹时万一被人看到,我就假装捡到的是铅笔。事实上我觉得没人会看到。你在检查尸体的时候我把子弹丢在了镜子附近。后来你问到这件事时,我真的很庆幸有那支铅笔。"

"确实,很高明。完全骗到了我。"

"我很担心有人会听到那声真的枪响,不过那个时候大家都在自己的房间里更衣,应该都关着门。用人们在房子的另一个区域。卡德韦尔小姐是唯一可能听到的人,不过她可能会以为是汽车回火的声音。后来我得知她以为那是通知晚餐的锣声。我感觉……我感觉一切都进行得很顺利……"

福布斯先生以一贯的严谨语调开口道:"听起来太离奇了。但你好像没有杀人动机……"

林加德小姐一字一句地说道:"当然有动机。"她又语气激动地补充道,"快点去打电话叫警察呀!你们还在等什么?"

波洛轻声说:"各位可以先回避一下吗?福布斯先生,麻烦您给里德尔上校打个电话。我待在这里等他来。"

大家一个接一个地往外走,困惑、惊恐、疑惑、不安的面孔依次从挺得笔直、一头斜分的灰发梳得一丝不苟、穿戴整齐的中年女子身边闪过。

露丝走在最后面。走到门口时她犹豫着停下了脚步。

"我不明白,"露丝愤愤地对波洛说,语气里带着挑衅,"你刚才明明觉得是我干的。"

"不、不,"波洛摇了摇头,"不,我从没那么想过。"

露丝离开了。

房间里就只剩下波洛和那个刚刚坦白犯下一起精心策划的冷

血谋杀案的中年女子。

一脸严肃的林加德小姐说:"是的,你从没怀疑过她。你指控她的目的是为了让我开口。没错吧?"

波洛低头不语。

"等着也是等着,"林加德小姐的语气缓和了许多,"你能否告诉我是什么让你怀疑到我的。"

"几件事情。首先是你对杰维斯爵士的描述。像杰维斯爵士那种自大的可怜人,是不会对一个外人说贬损自己外甥的话的,尤其是对你。你那么说是为了增加自杀的可能性。你还暗示杰维斯爵士的自杀可能和雨果·特伦特的名誉问题有关。这同样是杰维斯爵士不会在外人面前承认的事情。接下来是你在大厅里捡起来的那样东西,特别是你竟然没提到露丝是从花园进入客厅的。然后是我在废纸篓里发现的那个纸袋——汉姆郡大宅的客厅里不可能出现这样的东西!而'枪响'的时候,只有你在客厅里。至于吹纸袋的那个小把戏,暴露了凶手是位女性——这种心灵手巧的家庭自制把戏只有女性想得出来。这么一来,一切就都合理了。你一方面使劲往雨果身上泼脏水;另一方面又尽可能洗清露丝的嫌疑,这既是犯罪手段,也是犯罪的动机。"

"你知道犯罪动机?"身材娇小的灰发女人盯着波洛。

"我想我知道。是为了露丝的幸福——这就是犯罪动机!我猜你一定看到露丝和约翰·莱克在一起了,你知道他们两个是什么关系。而你的工作让你很容易接近杰维斯爵士的文件,于是你偶然发现了他新立下的遗嘱草稿——除非露丝嫁给雨果·特伦特,否则她就会失去继承权。于是,你决定借由杰维斯爵士写给我的那封信,将公正掌握在自己手中。你大概看到了那封信的复印件,杰维斯爵士究竟是出于怎样的恐惧和怀疑才写下了那封信，我们已不得而知。我想他一定是怀疑伯罗斯或莱克正在有计划地盗用他的钱，但他搞不清楚露丝的心意，只能寻求私下调查。你利用了这些，故意制造出自杀的假象，还做证说你觉得他正因为雨果·特伦特的事烦恼，为自杀提供动机。那封电报是你发给我的，杰维斯爵士说我到得'太晚了'也是你说的。"

林加德小姐语气激动地说："杰维斯·谢弗尼克-戈尔就是个以强凌弱、势利又八卦的小人！我是不会让他毁掉露丝的幸福的。"

波洛柔声说道："露丝是你的女儿吧？"

"对……她是我的女儿……我一直……记挂着她。当我听说杰维斯·谢弗尼克-戈尔想找人帮他编写家族史的时候，就立刻抓住了这个机会。我非常想见我的……我的女儿。我确信谢弗尼克-戈尔夫人不会认出我来，她见我已经是很多年前了，我已容颜不再，那件事之后又改了名换了姓。而且谢弗尼克-戈尔夫人不是个刨根问底的人，我对她很有好感，但这也无法浇灭我对谢弗尼克-戈尔家族的憎恨。当年他们简直视我如草芥，现在杰维斯又要为了势利和虚荣而毁掉露丝的一生。我一定要让她幸福。她会幸福的——只要她不知道我的真实身份！"

这是个恳求——不容拒绝。

波洛低下头，说道："我不会告诉任何人的。"

"谢谢你。"林加德小姐轻声说。

3

警察来了又走了，波洛在花园里找到了露丝·莱克和她的丈夫。

露丝用一种挑衅的口气问道:"你真的认为是我干的吗,波洛先生?"

"夫人,我知道那不可能是你干的——看那些紫菀花就知道了。"

"紫菀花?我不明白。"

"夫人,我在花坛边一共发现了四个脚印,只有四个。你摘花时留下的脚印肯定不止四个。这意味着在你先后两次去摘花的间隙,有人把脚印抹平了。只有罪犯才会去干这种事。而鉴于你的脚印还留在那里,自然就是清白的了。"

露丝的脸色一下子明朗起来。

"哦,我明白了。事实上……虽然谋杀很吓人,但我其实很为那个可怜的女人感到悲哀。毕竟,有了她的供认,我才不至于被抓起来——也许这正是她想要的效果。她这么做可以说非常——高尚。我真不想看到她因谋杀罪被带上法庭受审。"

波洛轻声说:"别太担心了。她不会上法庭的。医生告诉我她有严重的心脏病,活不过几个星期了。"

"那最好不过了。"露丝摘下一朵秋水仙,随意地在脸上蹭了蹭,"可怜的女人。我真搞不懂她为什么要这么做……"

罗兹岛[①]三角

① 罗兹岛(Rhodes)：爱琴海上的一个岛屿。曾被骑士、土耳其人和意大利人先后占领，在一九四八年回归希腊。

第一章

赫尔克里·波洛坐在白色沙滩上，出神地望着碧海波涛。他身穿一套款式华丽的白色法兰绒长衣裤，头戴一顶宽檐巴拿马草帽来遮阳。老派的他坚持在太阳下一定要把自己包得严严实实的。坐在他旁边、不停说着话的帕梅拉·莱尔小姐则尽可能穿得裸露，周身已被晒得黝黑。

帕梅拉·莱尔小姐只会在往身上补身体乳的时候才会暂时闭上说个不停的嘴。

莱尔小姐的另一边，是她的好朋友萨拉·布莱克小姐。此时她正脸朝下，趴在一块色彩艳俗的条纹浴巾上。布莱克小姐从头到脚都被晒成完美的古铜色，惹得莱尔嫉妒地看了好几眼。

"我还是晒得不够均匀。"帕梅拉·莱尔小姐不爽地嘟囔着，"波洛先生……能不能麻烦你帮我涂一下右肩胛骨下面那里——我自己够不到那里。"

波洛照办了，完事后小心翼翼地用手帕擦了擦自己油腻腻的手。人生最大乐趣就是观察身边人，并说出自己的看法的莱尔小姐马上又开了口。

"看来我没说错，那个女人——就是穿着香奈儿的那个——是瓦伦丁·戴克斯，不，是钱特里。我一眼就认出她来了。她看上去很迷人,对吧?我的意思是我能理解男人们为何都为她痴狂。因为那就是她要达到的效果!这么一来她等于成功了一半。昨天晚上来的那两个人姓戈尔德,其中那个男的非常帅气。"

"来度蜜月?"萨拉的声音听起来闷闷的。

莱尔小姐意味深长地摇了摇头。

"哦,肯定不是——她的衣服不够新。新娘子一看就看出来了!波洛先生,你难道不觉得观察他人、看看仅仅通过他人的衣着外表能了解这个人多少,是这世上最让人着迷的事情吗?"

"不仅仅是观察吧,亲爱的。"萨拉打趣道,"你还会问好多问题呢。"

"我还没跟戈尔德那家人说上话呢。"莱尔小姐一本正经地说,"不管怎么说,我觉得人就该对自己的同类感兴趣。人性是一种会让人着迷的东西。你觉得呢,波洛先生?"

这一次莱尔小姐沉默了相当长的一段时间,等待对方回应。

波洛仍旧盯着碧蓝的海面,回答道:"要看情况。"

帕梅拉非常震惊。

"哦,波洛先生!我觉得没有什么东西比人性更加有趣、更加扑朔迷离了!"

"扑朔迷离?没有吧。"

"哦,人性就是这样的。就在你刚刚觉得自己已经很了解他们的时候,他们往往就会做出完全出乎你意料的事情来!"

赫尔克里·波洛摇了摇头。

"不、不,不是这样的。一个人不太可能做出与性格截然相反的事情来。到头来都是一样的。"

"我完全不同意!"帕梅拉·莱尔小姐反驳道。

接着她沉默了一会儿,这才开口反击。

"我一看见人就会对他们产生好奇心——想知道他们是什么样的人,他们之间是哪种关系,他们当下有什么想法和感受。那种感觉真的是——哦,非常激动人心。"

"并非如此。"赫尔克里·波洛说道,"人性无非那么几种,比你能想象出来的还要少。"他又若有所思地补充了一句,"大海都要更加富有变化。"

萨拉歪过头,问道:"你觉得人性不过是在复制某种模式?其实千篇一律?"

"正是如此。"波洛说着,用手指在沙滩上画了一个图案。

"你画了什么?"帕梅拉好奇地问。

"一个三角形。"波洛答道。

不过帕梅拉的注意力已被吸引去了其他地方。

"钱特里来了。"她说道。

一个女人走上了海滩,她身材高挑,对身体和长相都自信满满。她微笑着微微冲这边三位点头示意了一下,在不远的地方坐了下来。脱下红金色相间的丝绸外套后,露出白色的泳衣。

帕梅拉叹了口气。

"她的身材不错吧?"

但波洛关注的却是那个女人的脸——一张十六岁就因美貌而出名的三十九岁女人的脸。

瓦伦丁·钱特里这个女人众人皆知,波洛自然也认识她。她让人印象深刻的事情多如牛毛——喜怒无常、富有、宝蓝色的大眼睛、婚介生意和投机买卖。她结过五次婚,情人更是数不清。前四任依次是意大利伯爵、美国钢铁大亨、网球选手和赛车手,这四个人中那个美国大亨死了,其他几个都输掉了离婚官司。半年前她再婚了,现任是一名海军中校。

那个男人跟在瓦伦丁·钱特里身后也到海滩上来了。他很安静、皮肤很黑，表情阴郁、脸部线条坚毅，看起来很不好惹。有点像原始猿人。

"托尼，亲爱的，把烟盒给我……"她说道。

男人马上掏出烟盒，给她点燃香烟，又帮她脱下白色泳衣的肩带。她躺下来，伸开双臂享受日光。他坐在旁边，像一头看守着自己的猎物的野兽。

帕梅拉压低嗓音说道："我真的对这两个人感兴趣得发狂……那个男的就是头野兽！一言不发，而且……感觉阴森森的。不过我认为像瓦伦丁那样的女人可能就喜欢那种类型的，能从中感受到成功驯服一头老虎的成就感！我好奇他们两个人能好到什么时候。我相信她很快就会感到厌倦，尤其是在现如今这样的环境里。而一旦她想要摆脱那个男人，她离危险也就不远了。"

说话间，沙滩上又走来一对男女——这两个人看起来非常害羞。他们就是昨天晚上才抵达的道格拉斯·戈尔德夫妇——莱尔小姐从酒店的住客登记簿上查到了他们的名字。她像意大利主教一样了解到了很多信息，包括他们的教名，以及护照上记录的年龄。

道格拉斯·卡梅隆·戈尔德先生三十一岁。夫人全名叫马乔里·艾玛·戈尔德，三十五岁。

刚才也说了，莱尔小姐的一大爱好就是研究人类。跟普通的英国人不同，她可以热情地与刚见面的陌生人交谈，不需要英式惯常做法里四天到一个星期左右的预热期。害羞的戈尔德夫人走近时，她就毫不犹豫地大声打了个招呼。

"早上好，今天的天气很不错啊。"

察觉到戈尔德夫人的矜持，莱尔小姐热情地上前攀谈起来。

戈尔德夫人是个娇小的女人——有点像老鼠。实际上她长得并不难看,而且身材不错,肤质细滑,只是她那种羞怯扭捏的气质让人觉得仿佛多看她几眼是种罪过。和她形成鲜明对比的是她的丈夫,宽肩、窄臀、白皙的皮肤配上湛蓝的双眸和充满动感的卷发——帅气十足又极富表现力,像一个舞台上的演员。一旦开口说话,关于他的幻想就都破灭了。他倒是非常真挚、淳朴,只是让人感觉有些傻气。

戈尔德夫人友好地看着帕梅拉,并在她身边坐了下来。

"你的皮肤晒得多漂亮啊。我简直差远了!"

"要想晒得均匀可真不容易。"莱尔小姐叹了口气。

她沉默了一会儿,这才继续说道:"你们是昨天晚上刚到的吧?"

"是的,昨晚到的。我们坐意大利的蒸汽船来的。"

"以前来过罗兹岛吗?"

"没有。很别致的一个地方,不是吗?"

"就是太远了。"戈尔德先生接过话头。

"是啊。要是离英格兰近点儿就好了——"

萨拉闷闷的声音响起。"确实,但真要那样的话会很可怕。一排一排的人躺在那儿晒太阳,就像石板上晾晒的鱼干。会全是人的!"

"当然,这倒是真的。"道格拉斯·戈尔德说,"这座岛已经被大批的意大利游客糟蹋得不成样子了。"

"确实变了不少。"

话题都是老一套,毫无新意可言。

不远处,瓦伦丁·钱特里动了动身子,坐了起来。她一只手环抱在胸前,防止泳衣滑落。

她打了一个大大的哈欠,像一只刚睡醒的猫咪。眼睛随意地四处看了看,瞥到了马乔里·戈尔德,不过很快就锁定在了一头金色卷发的道格拉斯·戈尔德身上。

她扭了扭肩膀,提高音调说道:"托尼,亲爱的——是不是很美好——这阳光?我觉得我前世肯定是太阳的崇拜者,你说是吗?"

她丈夫回答的声音很低,没能传到这边几位的耳中。

瓦伦丁·钱特里继续用懒洋洋的声音高声说道:"帮我把浴巾扯得平整一些好吗,亲爱的?"

她费了很大的劲调整自己美丽的身体,也确实吸引了道格拉斯·戈尔德的目光,他的眼神明白地透露出兴趣。

戈尔德夫人突然雀跃地对莱尔小姐说:"多美的女人啊!"

帕梅拉立刻兴致勃勃地接过话头,低声说道:"她是瓦伦丁·钱特里——你应该认识吧,原来叫瓦伦丁·戴克斯。她很迷人,不是吗?旁边那个男人已经被她迷得神魂颠倒了,一秒钟都不许她离开自己的视线!"

戈尔德夫人又一次望了望沙滩,说道:"这片海真的很迷人——蓝得让人心醉。我觉得我们应该下去玩玩儿,你要不要去,道格拉斯?"

他的视线还停留在瓦伦丁·钱特里身上,过了几分钟才反应过来。他心不在焉地回答道:"下去?哦,好啊,现在就去。"

马乔里·戈尔德站起身来,慢慢地向海边走去。

瓦伦丁·钱特里侧过身,眼睛打量着道格拉斯·戈尔德,猩红色的嘴巴翘起,露出一抹浅笑。

道格拉斯·戈尔德的脖子微微有些发红。

瓦伦丁·钱特里说:"托尼亲爱的,帮我一下可以吗?我想要一小瓶面霜,就是放在梳妆台上的那瓶。我本想带过来的。你去帮我拿一下吧——我的天使。"

对方二话没说,起身便往酒店的方向走去。

马乔里·戈尔德已经站在海水里了,她大声叫着:"太棒了,道格拉斯——水很温暖,快来呀。"

帕梅拉·莱尔问道格拉斯·戈尔德:"你还不赶紧过去?"

道格拉斯支支吾吾地回答:"哦!我想先去热下身。"

瓦伦丁·钱特里又扭了扭。她仰起脖子朝酒店的方向张望了一会儿,像是要把她的丈夫叫回来——但后者恰好被酒店外围的花园挡住了。

"我喜欢最后再下海。"戈尔德先生解释道。

钱特里夫人又坐了起来,拿起一瓶日光浴用的身体油想往身上涂,却怎么都打不开瓶盖。

她大声地嚷了起来。

"哦,亲爱的……我搞不定这个东西!"一边喊一边往这边张望,"请问……"

习惯伸出援手的波洛应声站了起来,但年轻且身手更为敏捷的道格拉斯·戈尔德比他更快。他一下子就出现在了钱特里夫人的身旁。

"需要我帮忙吗?"

"哦,谢谢你——"瓦伦丁·钱特里拉长声音,甜腻腻地说,"你真好。我笨手笨脚的,总是拧错方向。哦!打开了!太谢谢你了——"

赫尔克里·波洛兀自笑了笑。

他站起身,朝着另外一边慢悠悠地踱起步子。走出去没多远便调头往回走,路上正好遇到刚游完泳的戈尔德夫人。她戴着一顶极不相称的泳帽，脸庞熠熠发光。

她气喘吁吁地说："我太喜欢海了。尤其是这里的海水那么温暖、那么美。"

波洛觉得她确实是个狂热的游泳爱好者。

戈尔德夫人又说道："我和道格拉斯都酷爱游泳。他可以足足游上几个小时。"

赫尔克里·波洛的目光越过她的肩膀，看着另一位狂热的游泳爱好者道格拉斯·戈尔德，此时他正坐在沙滩上，和瓦伦丁·钱特里聊得不亦乐乎。

他的妻子说道："我真想不通他为什么不一起来……"语气中有一种孩子气的困惑。

波洛若有所思地望着瓦伦丁·钱特里，心想，这种话估计还有别的女人说过。

在他身后的戈尔德夫人猛吸了一口气，接着开口说道："我想，她确实算得上非常迷人。不过不是道格拉斯喜欢的类型。"她的声音十分冷酷。

赫尔克里·波洛没有作声。

戈尔德夫人再次走下海。

随着缓慢却稳定的动作，她离海岸越来越远。显然，她确实非常热爱大海。

波洛慢慢走回到原来的位置。

由于老将军巴恩斯的加入，这群人比刚才更加吵闹了。这位退伍老兵喜欢和年轻人待在一起，他坐在帕梅拉和萨拉中间，正和帕梅拉一起添油加醋地聊着各种八卦。

这时钱特里中校完成任务过来了，在瓦伦丁的另一边坐了下来。

瓦伦丁笔直地坐在两个男人中间,东拉西扯地闲聊着。她的声音轻柔甜美,拖着尾音,说话时不时左右扭头,看看这个,再看看那个。

她刚讲完一段风流轶事。

"你们觉得那个傻男人说了什么?'虽然只有一分钟,但日后无论去哪里我都会记得你,妈妈!'他是这么说的吧,托尼?那时我觉得他真是太贴心了。我认为这是个可爱的世界——我是说,每一个人对我都非常友善,我也不知道为什么,他们总是那么好。不过后来我跟托尼说——你还记得吧,亲爱的——我说:'托尼,如果你连这个都嫉妒的话,那你也很嫉妒那个看门人吧。'因为他真的是太可爱了……"

没人接话,沉默了一会儿之后,道格拉斯·戈尔德说道:"看门人里是有些……好人的。"

"哦,是啊——他一点都不怕麻烦——那真的是很大的麻烦——而且能帮到我们,他似乎是打心眼儿里开心。"

道格拉斯·戈尔德说:"这一点都不奇怪。我敢说谁都愿意帮你。"

瓦伦丁·钱特里开心地叫道:"你可真好!托尼,听到没?"

钱特里中校嘟囔了一声。

他的夫人叹了口气。

"托尼就从来不会说这些好听的话——是不是啊,我的小宝贝?"

瓦伦丁说着,用涂着红指甲的白皙手指胡乱揉了揉丈夫后脑勺上的头发。

钱特里中校斜着眼睛看了她一眼。瓦伦丁低声说道:"我真不知道他是怎么容忍我的,他那么聪明,绝对拥有最厉害的大脑——而我只会像刚才那样胡言乱语,他却完全不介意。没人计较我做了什么、说了什么,所有人都宠着我。我认为这对我来说绝对不是什么好事。"

钱特里中校问妻子另一边的男人道:"在海里游泳的那个是你的太太吗?"

"是的。我现在得过去找她了。"

瓦伦丁嘟囔道:"这里的阳光多好啊,你先别急着下海。托尼亲爱的,我觉得我今天是游不成了,月事来的第一天肯定不行,我可不想受凉或者生病。不过你为什么不下去游一会儿,亲爱的托尼?这位……戈尔德先生可以留在这里陪我的。"

钱特里冷冷地说:"谢谢,不必了,我现在还不想下去。戈尔德,你太太好像正在对你挥手呢。"

瓦伦丁说道:"你太太游泳游得可真好。我敢肯定,她一定是那种不论做什么事情都超级有效率的女人。她们总是让我恐惧,因为我觉得她们会看不起我。我什么都做不好——托尼亲爱的,你说我是不是一个彻头彻尾的笨蛋?"

钱特里中校又咕哝了一声。

瓦伦丁亲切地说道:"你就是太贴心了,所以才不肯承认。男人真是太忠诚了——所以我喜欢男人。在我看来,男人比女人忠诚多了——而且他们从来不会讲是非。女人可就小气多了。"

萨拉·布莱克翻了个身,面向波洛。

她低声嘟哝道:"要说小气,钱特里夫人才是最好的例子!她简直是个彻头彻尾的白痴!我真的从没见过比她还要白痴的女人了。除了会说'托尼,亲爱的',然后转转眼珠,我看她什么都不会做。我真想知道她脑壳里装的到底是棉花还是脑子。"

波洛扬了扬他那极富表现力的眉毛。

"这么严重啊！"

"哦，是啊。你也可以干脆把她称为'小妖精'。她的手段可多了！她就不能别去招惹男人吗？她丈夫看上去凶神恶煞的。"

波洛凝望着海面，说道："戈尔德夫人真是个游泳健将。"

"是啊，她可不像我们这些人，生怕把自己弄湿了。我很好奇钱特里夫人她到底会不会下水。"

"她不会的。"巴恩斯将军声音沙哑地说，"下水后妆容就有可能被冲花，她是不会冒这个险的。更何况她长得一点都不好看，还有点龅牙。"

"她正往你那边看呢，将军。"萨拉顽皮地说，"还有，你对化妆品真是不了解，我们现在用的化妆品都是防水的，就算亲嘴也不会脱妆。"

"戈尔德夫人上来了。"帕梅拉喊了一声。

"要各回各家喽。"萨拉嘟囔道，"他老婆来抓他了——抓他了——抓他了……"

戈尔德夫人径直走上了沙滩。她身材很好，但头上那顶朴实的防水泳帽却给她减了不少分。

"你怎么不来，道格拉斯？"戈尔德夫人不耐烦地问道，"海水温暖又舒适。"

"来了。"

道格拉斯·戈尔德立刻站了起来，原地愣了一会儿。瓦伦丁·钱特里笑靥如花地抬头看着他。

"再会。"她说。

戈尔德夫妇二人一起朝海边走去。

两人刚一走远，帕梅拉便迫不及待地八卦起来。

"你知道的，我觉得她真是太不明智了。当着另一个女人的面把自己的丈夫叫走通常都不是好的对策。那只会让你看上去是个占有欲很强的女人。男人们都不喜欢这样的。"

"你对已婚男人好像很了解嘛,帕梅拉小姐。"巴恩斯将军打趣道。

"都是别人家的——不是我的!"

"啊!这就是区别。"

"你说得对,将军,所以我能知道很多禁忌。"

"哦,亲爱的,"萨拉说,"至少我不会戴那样的泳帽……"

"听起来挺有道理的。"巴恩斯将军说,"不过她看起来是个有头脑的好姑娘。"

"你说到点子上了,将军。"萨拉说,"不过你要知道,再有头脑的女人也会有糊涂的时候。我感觉瓦伦丁·钱特里这件事就会让她乱了方寸。"

说着萨拉转过头,以低沉却兴奋的口吻评判道:"快看他,就是一颗一点就着的炸弹。这个男人一看就知道脾气很差……"

的确,自从戈尔德夫妇二人以非常不愉快的方式离开之后,钱特里中校的脸色就没好看过。

萨拉抬头看了看波洛。

"怎么样?你对这一切有什么看法?"

赫尔克里·波洛没有回答,而是又伸出手指,在沙滩上又画了一个图形。和之前一样,也是个三角形。

"三角恋,"萨拉若有所思地说,"你大概是对的。真是这样的话,接下来的几周可有好戏看了。"

第二章

对于原本想在岛上好好享受假期的赫尔克里·波洛来说,这趟罗兹岛之行让他失望。他所期待的是一个假期,远离犯罪。不是说十月底时罗兹岛上没什么人,是一个平静的隐居地吗?

其实此话也不假,因为此时岛上只有他自己、钱特里夫妇、戈尔德夫妇、帕梅拉、萨拉、巴恩斯将军和另外两对意大利夫妇了。但是就这么几个人,机敏的波洛先生已经察觉到即将发生一连串不可避免的事件。

"肯定是我见了太多犯罪了,"波洛自责地自言自语着,"而且消化不良!肯定是我想太多。"

但他依旧忧心忡忡。

一天清晨,他下楼时看到戈尔德夫人正在露台上做针线活儿。

他向她走近时觉得仿佛看到轻盈的丝麻手帕带过了一些闪光的液体。

虽然戈尔德夫人的眼睛是干的,却很可疑地闪着光。她那过于激动的态度也让波洛觉得异常。像是刻意表现得开朗,但有点做过头了。

"早上好,波洛先生。"她的热情主动引发了波洛的疑心。

他觉得她其实并不像她表现出来的那样欢迎自己的到来,毕竟他们还不算熟悉。不过尽管赫尔克里·波洛在专业领域十分自负,平时行事却是非常低调谦虚的。

"早上好,夫人。"他回应道,"又是个好天气。"

"是啊,很幸运,不是吗?道格拉斯和我在天气方面运气一向很好。"

"是吗?"

"是的。我们一直非常走运。哦,波洛先生,当你看到那么多烦恼和痛苦,看到那么多夫妇离婚分手什么的,就会感恩自己拥有的小幸福。"

"真为你感到高兴,夫人。"

"是啊。我和道格拉斯在一起真的非常开心。我们结婚已经五年了,要知道,现如今五年的婚姻已经不算短了……"

"有时候五年就相当于永远了,夫人。"波洛冷冷地说。

"不过我真的觉得现在的我们比刚结婚的时候要幸福多了。你看,我们俩实在太适合对方了。"

"当然,适合是最重要的。"

"所以我才会为那些不开心的人感到难过。"

"你指的是……"

"哦!我就是随便那么一说,波洛先生。"

"明白,明白。"

戈尔德夫人捏起一缕丝线,对着光看了看,然后一边继续手里的针线活,一边说道:"就比如说钱特里夫人吧……"

"嗯,钱特里夫人怎么了?"

"我觉得她压根儿就不是什么好女人。"

"是啊,是啊,很有可能。"

"我非常确定她不是。不过也挺替她感到难过的,因为别看她长得好看又那么有钱……"戈尔德夫人的手抖得厉害，根本没办法继续手里的针线活儿，"但男人不会对她那种女人忠心耿耿的。在我看来，她是那种很容易让男人感到厌倦的类型。你不觉得吗？"

"对我来说，跟她聊天确实会让我感到厌倦，是浪费时间。"波洛小心地承认。

"对，我就是这个意思。当然，她确实有某种吸引力……"戈尔德夫人顿了一下，双唇颤抖，手上的针胡乱戳着。就算是观察力不如赫尔克里·波洛敏锐的人，都能轻易地察觉到她的悲伤。她再次开口时突然换了个话题。

"男人就像小孩！什么都相信……"

她低头看着手里的针线活儿，发现又有一小撮麻纱不知什么时候钻了出来。

赫尔克里·波洛觉得该换个话题了。

他问道："你今天早上没去游泳吧？你丈夫呢，去沙滩了吗？"

戈尔德夫人抬起头，眨眨眼睛，又努力装出开朗的样子，回应道："没有，今天早上没去。我们本来计划到老城墙那边走走的。但不知怎么搞的，我们……我们没碰上面。他们先去了，没带上我。"

夫人所用的代词似乎就说明了一些问题，波洛还没来得及说什么，巴恩斯将军从沙滩上走了过来，一屁股坐在他们旁边的一把椅子上。

"早上好，戈尔德夫人。早上好，波洛。你们两个今天早上怎么都没去游泳啊？不过好多人都没去，你们俩，戈尔德先生，还有钱特里夫人。"

"钱特里中校呢?"波洛随口问了一句。

"哦,他去了,现在还在呢,被帕梅拉小姐缠住了。"巴恩斯将军咯咯地笑了起来,"她觉得他有点难搞!像是书里才有的那种沉默的猛男。"

戈尔德夫人声音颤抖地说道:"我觉得那个男人挺可怕的。他看上去……一脸凶神恶煞。好像什么事都能干得出来似的!"

说完她颤抖了一下。

"我估计他只是消化不良而已,"巴恩斯将军笑呵呵地说道,"大部分故作深沉和无缘无故的怒火都是因为消化不良。"

马乔里·戈尔德露出一丝礼节性的微笑。

"你丈夫去哪儿了?"巴恩斯将军问道。

戈尔德夫人略微犹豫了一下,接着以轻松欢快的语调回答道:"你说道格拉斯?哦,他和钱特里夫人进城去了。我猜他们是去看古城墙了。"

"哈,是嘛——那可真有意思。可以感受一下当年骑士的风范了。你也应该一起去看看的,小姑娘。"

"是啊,可是我下来晚了。"戈尔德夫人说完猛地站起身,低声跟大家告辞,然后就溜进了酒店。

巴恩斯将军关切地望着戈尔德夫人渐渐远去的背影,微微摇了摇头。

"真是个好女人啊。比那个我们不想提的堕落女人不知要好上多少倍!哈!她丈夫真是愚蠢!简直身在福中不知福。"

他又摇了摇头,然后就起身回房间了。

萨拉·布莱克小姐从沙滩回来,听到了巴恩斯将军说的最后那句话。

她冲已远去的昔日勇士的背影做了个鬼脸,然后动作夸张地坐到了椅子里。

"好女人——好女人！男人总是称赞邋遢寒酸的女人，可一旦涉及实质问题，打扮得花枝招展的堕落女人还不是轻松取胜！可悲，但事实就是这样。"

"小姐，"波洛不客气地打断了对方，"你的说法让我很不舒服。"

"是吗？我也觉得不舒服。哦不，我还是实话实说吧，我觉得我还挺喜欢的。人性中存在一个可怕的倾向，那就是一个人会因为自己的朋友发生意外、灾难或是不幸而幸灾乐祸。"

波洛问道："钱特里中校在哪儿呢？"

"在沙滩上接受帕梅拉的研究呢——她非常享受！如果你想知道的话。他还像之前那么凶，我刚才过去的时候感觉他整个人都像罩在乌云里。我觉得都能听到风暴声。"

波洛低声说："有些事我不太明白……"

"确实很难明白，"萨拉说，"不过接下来会发生什么，这才是你要担心的。"

波洛摇了摇头，小声咕哝着："就像你说的，小姐，未知的将来才是引起焦虑的源头。"

"你解释得真好啊。"萨拉说完就起身准备回房间了。

在通往露台的门廊上，萨拉差点儿跟道格拉斯·戈尔德撞了个满怀。后者看起来春风得意，却又有些畏缩。他说："波洛先生，你好。"说完又补充了一句，"我刚才带钱特里夫人去看十字军城墙了。马乔里她有点不舒服，所以没去。"

波洛微微扬了扬眉毛，还没等他想好要怎样回应，瓦伦丁·钱特里就带着她刺耳的哭腔追了进来。

"道格拉斯——粉红金①——我必须得来一杯粉红金。"

道格拉斯·戈尔德马上去点酒了。瓦伦丁一屁股坐在了波洛旁边的椅子上,今天早晨的她看起来更加容光焕发。

她看到自己的丈夫和帕梅拉一起走来,便挥了挥手,大声叫道:"游得开心吗,亲爱的托尼?多么美妙的早晨啊!"

钱特里中校没有回话,三步并作两步地上了台阶,走过妻子身边时看都没看她一眼,就直接去吧台了。

他双手握拳,贴在身侧,看起来活像一只大猩猩。

瓦伦丁·钱特里顿时花容失色,看起来很蠢的嘴巴微微张开。

"哦。"她茫然若失地叹息了一声。

这一幕让帕梅拉·莱尔立刻来了精神。她极力掩饰着内心的波澜,在瓦伦丁·钱特里身边坐了下来。

"你今天早上过得很愉快吧?"

瓦伦丁刚开口说了句"挺有意思的",波洛就站起身,脚步轻快地朝吧台走去。

他发现正等待粉红金的戈尔德脸涨得通红,看起来烦躁且生气。

戈尔德对波洛说:"那个男人就是个野兽!"并冲着钱特里中校的背影点了点头。

"嗯,"波洛说,"可能可以这么说。不过请记住,女人们就喜欢野兽。"

道格拉斯嘟囔着:"他十有八九虐待过她!"

"也许她很享受呢。"

道格拉斯·戈尔德疑惑地看了一眼波洛,然后就拿着粉红金

---

① 粉红金(pink gin):由金酒及苦味酒配制成的鸡尾酒。

走了。

赫尔克里·波洛坐下来,点了一杯黑加仑果子露,抿了一口之后愉悦地长叹了一声。钱特里走了过来,两三杯粉红金一眨眼的工夫就全都进肚了。

他突然大声说起话来,感觉更像是一种宣言,而且并非针对波洛。

"要是瓦伦丁以为她可以像摆脱其他傻男人一样摆脱掉我的话,那她可大错特错了!我既然已经得到了她,就不会轻易放手。除非我死了,否则谁也别想从我这里得到她。"

说完他往吧台上扔了一些钱,猛地转身离开了。

第三章

三天后,赫尔克里·波洛动身前往先知山。车子在黄绿色的冷杉林里穿行,离吵闹狭隘的人类越来越远,虽有点冷,但舒适惬意。车子在一家餐厅门前停下,波洛走下车,向树林里逛去。最终他抵达一处僻静地,仿佛位于世界之巅。大海在很远的下方,呈现出耀眼的深蓝色。

在这里,他终于获得了宁静——与全世界隔离,不再忧心。他小心翼翼地把折好的外套铺在一截树桩上,然后坐了下来。

"真不知道上帝知不知道他自己在做什么。他怎么会允许自己创造出那样的人啊。天哪,不管怎样,至少此刻我不用再去操心那些烦人的事情了。"

接着他陷入了沉思。

突然他抬起头,看到一个穿着棕色外套和短裙的小个子女人正急匆匆地走过来。这个人正是马乔里·戈尔德,此时她已卸下所有伪装,脸上泪水涟涟。

波洛无处可逃,她就是冲他来的。

"波洛先生,您无论如何都得帮帮我。我非常痛苦,不知道该怎么办了!哦,我该怎么办呢?怎么办?"

她一脸惆怅地看着波洛,双手紧紧地抓住他的外套袖子。不过波洛脸上的表情吓到了她,她又急忙后退了几步。

"怎么了——怎么了?"她结结巴巴地说道。

"你希望我提些建议,对吗,夫人?你是这么想的吗?"

她有些犹豫地回答道:"是的……是的……"

"好……那请听好。"波洛简单却尖锐地说道,"马上离开这里——趁现在还来得及。"

"什么?"戈尔德夫人盯着波洛。

"我说,离开这座岛。"

"离开这座岛?"她继续一头雾水地看着波洛。

"是的。"

"可是为什么……为什么?"

"这就是我给你的建议。要是你珍惜自己的生命的话。"

她倒吸了一口气。

"哦!你这是什么意思?你吓到我了——你真的吓到我了。"

"没错,"波洛直言不讳,"这就是我的目的。"

她整个人都垮了下来,双手掩面。

"可是我做不到啊!他不会跟我走的!我是说道格拉斯。她不会放他走的。她已经全面控制了他——从身体到灵魂。他现在听不进去半点对她不利的话……为她痴狂了……不论她说什么他都照单全收——什么丈夫虐待她啦,她就是个无知的受害者啦,从来没有人能理解她啦……他甚至完全想不起有我这个人——我什么都不是——对他来说什么都不是。他想让我给他自由——同意跟他离婚。他一心想着那个女人也会和她的丈夫离婚,然后再嫁给他。但我觉得……钱特里是不会放过那个女人的,他不是那种男人。昨天晚上她还给道格拉斯看了她手臂上的瘀青,说是她丈夫干的。道格拉斯看到后非常气愤。他这个人的正义感特别强……哦！我真担心！会发生什么？快告诉我我该怎么办！"

赫尔克里·波洛站起身，望着海的那一边，亚洲大陆上绵延的群山，说道："我已经说过了。趁现在还来得及，离开这座岛……"

戈尔德夫人摇了摇头。

"我做不到……我做不到……除非道格拉斯……"

波洛叹了口气，又耸了耸肩膀。

第四章

沙滩上，赫尔克里·波洛和帕梅拉·莱尔并肩而坐。

帕梅拉兴致勃勃地说："三角关系越来越厉害了！昨天晚上，那两个男人一左一右地坐在那女人身旁——彼此怒目而视！钱特里喝得实在是太多了，他其实就是在侮辱道格拉斯·戈尔德。戈尔德做得不错，一直忍着没发火。那个叫瓦伦丁的女人倒是十分享受，这是当然的了。她快活得像一头食人虎。你觉得他们几个将会如何？"

波洛摇了摇头。

"我很担心。我非常担心……"

"哦，我们都很担心。"莱尔小姐假惺惺地说道，"这种事情不是你的专长嘛。或者说有可能发展到你所擅长的领域。你不能做点什么吗？"

"能做的我都已经做了。"

莱尔小姐兴奋地往前倾了倾身子。

"你都做了什么？"询问的语气中透露出兴奋。

"我让戈尔德夫人赶紧离开这座岛。"

"哦……呃……所以你觉得……"她没把话说完。

"什么，小姐？"

"你的想法竟是这样的！"帕梅拉慢慢地说道，"但他不会吧——他不会做出那样的事情来的……他真的非常好。都是因为那个姓钱特里的女人。他不会——他不会的……不会那么做……"

帕梅拉再次没有说完这句话，过了一会儿，她又轻声说道："杀人？这……这是你所想到的吗？"

"至少目前有人心里正这么想，小姐。这我敢肯定。"

"我不相信。"帕梅拉不禁打了个冷战。

第五章

十月二十九日那晚前前后后都发生了什么，可以说再清楚不过了。

先是戈尔德和钱特里大吵了一架。钱特里的嗓门越来越高，高到最后一段话同时传进了四个人的耳朵——收银员、酒店经理、巴恩斯将军和帕梅拉·莱尔。

"你这个该死的贱人！如果你和我老婆以为可以这样对我，那可就大错特错了！只要我没死，谁也别想打瓦伦丁的主意。"

说完他就怒气冲冲地冲出了酒店。

这一切发生在晚餐前（没人知道晚餐是怎么准备的），晚餐后又恢复了和谐。瓦伦丁邀请马乔里·戈尔德一起去被月光照亮的大海夜游。帕梅拉和萨拉也加入了。戈尔德和钱特里两个人打了一会儿台球，接着来到酒吧坐到赫尔克里·波洛和巴恩斯将军旁边。

众人第一次看到钱特里露出笑容，而且看起来心情不错。

"战绩不错？"巴恩斯将军问。

中将说道："我可不是这个家伙的对手！他一杆就四十六分全部入袋。"

道格拉斯·戈尔德辩解道："我敢保证，那不过是侥幸。你要喝点儿什么？我去点。"

"我要粉红金，多谢。"

"好的，您呢，将军？"

"我要一杯威士忌苏打水，谢谢。"

"我也要这个。波洛先生，您喝什么？"

"您真是客气。我想来一杯黑加仑果子露。"

"果子露？不好意思，那是什么？"

"黑加仑果子露。就是黑加仑果实制成的糖浆。"

"哦，是甜酒！明白了。他们这儿有吗？我第一次听说。"

"有，有的。不过那不是甜酒。"

道格拉斯大笑道："在我看来这玩意儿很搞笑——不过每个人喜欢的口味不同！我这就去点。"

钱特里中校坐了下来。作为一个天生不善于社交，也不太爱说话的人，此时他也明显尽力了。

"这里连报纸都读不到，真不知大家都是怎么适应的。"

将军嘟囔道："真不想告诉你一份《大陆每日邮报》我能读上四天。当然，我让他们每周都给我寄《泰晤士报》和《笨拙》，只不过要等很久才能收到。"

"也不知道巴勒斯坦的事会不会引发一场大选。"

"这件事弄得一团糟。"巴恩斯将军正说着，道格拉斯·戈尔德回来了，身后的服务员端来了大家点的饮品。

接着，巴恩斯将军讲起一九〇五年在印度从军的轶事，另两个英国男人尽管没什么兴趣，却一直礼貌地专心听着。赫尔克里·波洛小口啜饮着黑加仑果子露。

巴恩斯将军讲到故事的高潮处时，众人配合地发出大笑。

过了一会儿，女人们也来到了酒吧。四个人都兴致很高，有说有笑。

"托尼，亲爱的，刚才那感觉真是太妙了。"瓦伦丁一屁股坐在钱特里身旁的椅子上，高声说道，"是戈尔德夫人的好主意。你们刚才都应该来的！"

她丈夫问道："要不要来一杯？"又看了看其他几位女士。

"给我来一杯粉红金，亲爱的。"瓦伦丁说。

"我要姜汁啤酒。"帕梅拉说。

"我要边车。"萨拉说。

"好的。"钱特里站起身，把自己还没动过的那杯粉红金推给了瓦伦丁，"这杯你先喝，我再去点一杯。你要什么，戈尔德夫人？"

戈尔德夫人刚在丈夫的帮助下脱下外套，她转过身，露出微笑。

"可以帮我叫一杯橙汁吗？"

"好的。一杯橙汁。"

钱特里向门边走去，戈尔德夫人微笑着看着丈夫的脸。

"道格拉斯，刚才真是太好了。真希望你也在场。"

"我也想去。要不我们哪天晚上再去一次，怎么样？"两人相视一笑。

瓦伦丁·钱特里举起桌上的粉红金一饮而尽。

"哦！太爽了。"她感叹道。

道格拉斯把马乔里的外套放到了一张长沙发椅上，再次回到众人身边的他惊叫道："喂，你还好吧？"

瓦伦丁·钱特里靠在椅背上，双唇青紫，一只手捂着胸口。

"我感觉……很不舒服……"

瓦伦丁大口吸气，感觉呼吸困难。

钱特里回来了,快走几步上前,道:"喂,瓦儿,你怎么了?"

"我……我不知道……那杯酒……味道好奇怪……"

"那杯粉红金?"

钱特里转过头环视众人,然后紧紧抓住了道格拉斯·戈尔德的肩膀。

"那杯酒本来是要给我的……戈尔德,你究竟往里面放了什么?"

道格拉斯·戈尔德直愣愣地看着瘫在椅子上的女人那张抽搐着的脸,面如死灰。

"我——我——我没有……"

瓦伦丁·钱特里滑下了椅子。

巴恩斯将军大叫一声:"叫医生来——快点……"

五分钟后,瓦伦丁·钱特里死了……

第六章

次日清晨，海面上一个人都没有。

帕梅拉·莱尔面色苍白，身着一袭设计简单的黑裙子，在大厅里抓住赫尔克里·波洛，把他带到一间小休息室里。

"好可怕！"她说道，"恐怖！让你说着了！你早有预感！谋杀！"

赫尔克里·波洛深深地垂下了头。

"哦！"帕梅拉跺了跺脚，叫道，"你本来可以制止的！总是有办法的！这是可以避免的！"

"怎么制止？"波洛问道。

帕梅拉一时语塞。

"你就不能去找——找警察吗？"

"跟警察说什么？这件事情还没有发生前可以跟警察说什么？说这里有个人怀有杀心吗？孩子，你要知道，如果一个人已经下定决心要去杀另一个人的话——"

"你可以事先提醒一下受害人啊。"帕梅拉不依不饶。

"有些时候，"赫尔克里·波洛说，"提醒根本不起作用。"

帕梅拉慢慢地开口道："那你可以警告那个杀人犯——告诉他你知道他想要干什么……"

波洛赞赏地点了点头。

"嗯……这个提议倒是好一些。但你忘了罪犯通常都有一个特点。"

"什么？"

"狂妄自大。罪犯都从不相信自己会失手。"

"这实在是荒谬——愚蠢。"帕梅拉叫道，"这整件事都太幼稚了！昨天晚上警察就把道格拉斯·戈尔德带走了，为什么！"

"是啊，"波洛若有所思地说，"道格拉斯·戈尔德真是个愚蠢透顶的年轻人。"

"简直愚蠢至极！我听说他们好像找到了剩下的毒药……是什么……"

"一种羊角拗苷①。心脏类药物。"

"而且就是在他吃晚餐时穿的那件夹克衫的口袋里找到的？"

"没错。"

"愚蠢到家了！"帕梅拉又吼了一句，"他应该是想把剩下的这些处理掉的，但毒错了人让他一下子傻了眼。多么戏剧性啊。情夫往情人丈夫的杯子里放了羊角拗苷，却没注意到自己的情人喝了那杯酒……想想那可怕的一幕，道格拉斯·戈尔德转过身，看到深爱的女人被自己杀死了……"

帕梅拉不禁打了个冷战。

"你画的那个三角形。三角恋！谁能想到最后竟会这样收场？"

"我曾担心过。"波洛小声嘟囔着。

帕梅拉转过头看着他。

---

①羊角拗苷是一种强心苷类药品，常用于充血性心力衰竭、心肌梗死，尤其适用于急性病例。

"你提醒过她——戈尔德夫人。那你为什么不也提醒一下他？"

"你是说我为什么没有提醒道格拉斯·戈尔德吗？"

"不，我说的是钱特里中校。你可以跟他说他有危险——毕竟他才是真正的障碍！我相信道格拉斯·戈尔德一定会想尽办法折磨他的妻子，逼迫她同意离婚——马乔里·戈尔德是一个恭顺的小女人，而且对他死心塌地。但钱特里是个顽固的魔鬼。他已经扬言说绝不会放弃瓦伦丁。"

波洛耸了耸肩。

"钱特里是不会听我的话的。"

"确实。"帕梅拉承认道，"他八成会说他自己能照顾好自己，让你滚远点。但我总觉得可以事前做点什么。"

波洛慢慢说道："我确实想过要不要去说服瓦伦丁·钱特里离开这里，不过我觉得她是不会相信我的话的。她太愚蠢了，不会把这种事当回事。可怜的女人，她就是被自己的愚蠢给害死的。"

"我觉得就算她离开这里，事情也不会有什么改变。"帕梅拉说道，"他肯定会跟她一起走的。"

"谁？"

"道格拉斯·戈尔德。"

"你以为道格拉斯·戈尔德会跟着她？哦不，小姐，你错了——大错特错。你还没搞明白这件事其中的真相。如果瓦伦丁·钱特里离开这座岛，她的丈夫会跟着她一起走。"

帕梅拉一脸困惑。

"这不是很自然的事吗？"

"然后呢，谋杀会换个地方发生。"

"我不太明白。"

"我是说,同样的案子会在别的地方发生——瓦伦丁·钱特里被自己的丈夫谋杀。"

帕梅拉睁大了眼睛。

"你是说毒死瓦伦丁的凶手是……钱特里中校——托尼·钱特里?"

"对。你看到他那么做了啊!道格拉斯·戈尔德把酒端给他,杯子一直放在他面前。你们几位女士回来时我们的视线全都集中在你们身上,他趁机把事先准备好的羊角拗苷放进了那杯粉红金里,然后很绅士地把酒推给他的妻子,她一饮而尽。"

"可是那包药是在道格拉斯·戈尔德的口袋里找到的!"

"趁大家都围着快要死了的瓦伦丁的时候,他就能轻而易举地把东西放进别人的口袋。"

帕梅拉半天才调匀呼吸。

"我一个字都听不明白!那个三角关系——你自己说的——"

波洛用力地点了点头。

"我是说过他们存在三角恋关系,没错。不过你想错人了。你被一些精湛的演技迷惑了!你以为托尼·钱特里和道格拉斯·戈尔德两个人都爱着瓦伦丁·钱特里,你觉得只可能是这样。然后你坚信爱上了瓦伦丁·钱特里的道格拉斯·戈尔德会孤注一掷地想要下毒害死对方的丈夫——因为他不同意跟瓦伦丁离婚,却阴差阳错地,毒酒被瓦伦丁喝了。你坚信如此是因为你认为这样才合理。但所有这一切都是错觉。钱特里早就想要干掉瓦伦丁了。他早就烦她烦得要死,我一开始就看出来了。他跟她结婚仅仅是为了得到她的钱。后来他遇到了另一个女人,他真正想娶的女人,于是他就开始蓄谋怎么能够在干掉瓦伦丁的同时又得到她的钱。也就是这起嫁祸谋杀。"

"另一个女人？"

波洛缓缓说道："是的，没错——就是娇小的马乔里·戈尔德。这才是我说的三角关系！你完全搞错了。两个男人其实一点都不在意瓦伦丁·钱特里，你会误解，完全是因为瓦伦丁·钱特里的虚荣和马乔里·戈尔德高超的演技！戈尔德夫人是个非常聪明的女人，她故意让自己显得弱小可怜，如圣母玛利亚一般打动人心！我见过四位同类型的女罪犯了。亚当斯夫人谋杀亲夫，却被判无罪，尽管所有人都知道是她干的。玛丽·帕克先后干掉了姑姑、情人和两个兄弟，后来是因为一点小疏忽才落网的。还有最终被施以绞刑的罗顿夫人和侥幸脱逃的莱克莉夫人。这几个人都是这种类型的。我看到她的第一眼就看透了她的本质！这类人犯起罪来如鱼得水！也确实策划得很高明。告诉我，有什么证据能证明道格拉斯·戈尔德爱着瓦伦丁·钱特里？仔细想想你就会发现，你能列举的不过是戈尔德夫人吐露的心声和钱特里妒火中烧的恐吓。对吗？你发现了吗？"

"太可怕了。"帕梅拉叫了起来。

"这两个人都很聪明，"波洛继续以一种专业人士的超脱口吻说道，"他们计划在这里'见面'，然后实施犯罪。那个马乔里·戈尔德，简直是冷血的魔鬼！她不惜把无辜可怜的傻丈夫送上绞刑架，还丝毫不觉得心痛。"

帕梅拉哭喊道："他昨晚就被警察抓走了。"

"啊，"赫尔克里·波洛说，"不过我后来又找警察聊了几句。虽然我没有亲眼看到钱特里把羊角拗苷放进杯子里，因为那时我跟其他在场的人一样，只顾着看你们几位女士了。但我意识到瓦伦丁·钱特里中毒后，就一直盯着她丈夫的一举一动。所以，我目睹了他把装羊角拗苷的小袋子塞进了道格拉斯·戈尔德的大衣口袋里……"

波洛一脸冷酷,又继续说道:"我是个名人,一个完美的证人。我把我的所见所闻告诉警察之后,他们立刻就意识到事情的真相并不像他们所想的那样了。"

"后来呢?"帕梅拉好奇地追问。

"他们又问了钱特里中校几个问题。他强辩了没几句,很快就败下阵来,毕竟他还不够聪明。"

"这么说道格拉斯·戈尔德被无罪释放了?"

"是的。"

"那……马乔里·戈尔德呢?"

波洛的表情变得更加严厉了。

"我警告过她。没错,我警告过她……就在先知山上……那是避免犯罪的唯一机会。我甚至把自己对她的怀疑都告诉她了。她什么都明白,只是太高估自己的智商了……我告诉她如果珍惜自己的生命就赶紧离开这座岛。而她……却选择留下来……"

Murder in the Mews
Copyright © 1937 Agatha Christie Limited. All rights reserved.
© 2013 Letter for Chinese Reader, New Star Edition by Mathew Prichard.
www.agathachristie.com
The Poirot icon is a trademark, and AGATHA CHRISTIE, POIROT, *Agatha Christie* and the AC Monogram Logo are registered trade marks of Agatha Christie Limited in the UK and/or elsewhere. All rights reserved.
Published by agreement with ACL.
Simplified Chinese edition copyright: 2024 New Star Press Co., Ltd.

图书在版编目（CIP）数据

幽巷谋杀案 ／（英）阿加莎·克里斯蒂著；林媛译． --2版． -- 北京：新星出版社，2023.4（2024.9重印）

ISBN 978-7-5133-3931-5

Ⅰ．①幽… Ⅱ．①阿… ②林… Ⅲ．①侦探小说－英国－现代 Ⅳ．① I561.45

中国版本图书馆 CIP 数据核字（2022）第 090230 号

午夜文库
谢刚 主持

幽巷谋杀案

[英] 阿加莎·克里斯蒂 著；林媛 译

责任编辑：赵笑笑	统筹编辑：王 欢
责任校对：刘 义	责任印制：李珊珊
封面插图：宣 和	装帧设计：周伟伟

出版发行：新星出版社
出 版 人：马汝军
社　　址：北京市西城区车公庄大街丙3号楼　100044
网　　址：www.newstarpress.com
电　　话：010-88310888
传　　真：010-65270449
法律顾问：北京市岳成律师事务所

读者服务：010-88310811　service@newstarpress.com
邮购地址：北京市西城区车公庄大街丙 3 号楼　100044

印　　刷：三河市兴达印务有限公司
开　　本：910mm×1230mm　1/32
印　　张：9.25
字　　数：122千字
版　　次：2023年4月第二版　2024年9月第二次印刷
书　　号：ISBN 978-7-5133-3931-5
定　　价：42.00元

版权专有，侵权必究；如有质量问题，请与出版社联系调换。